NICOLE
WALTER

DER Glückshund

rütten & loening

NICOLE
WALTER

DER *Glückshund*

EINE WEIHNACHTS-
GESCHICHTE

rütten & loening

MIX
Papier aus verantwortungsvollen Quellen
FSC® C083411

ISBN 978-3-352-00687-6

Rütten & Loening ist eine Marke der Aufbau Verlag GmbH & Co. KG

1. Auflage 2014

Einbandgestaltung Mediabureau Di Stefano, Berlin
Druck und Binden Clausen & Bosse, Leck
Printed in Germany

www.aufbau-verlag.de

Für unsere Glückshunde
Deleen,
Penny,
Petzi,
Klicka,
Fabrice,
Ginger und Wadei

1. TAG IM ADVENT

Alles Wissen, die Gesamtheit aller Fragen und alle Antworten sind in den Hunden enthalten.

Franz Kafka

Lippen wie der Flügelschlag eines Schmetterlings. Seine Hände, Glücksspuren auf ihrer Haut.

»Der erste Liebesbrief wird mit den Augen geschrieben. Schau mich an!«

Fynn und Leonie, zwei Namen und ein Herz, von ihr gemalt auf die von seinem Atem beschlagene Fensterscheibe im Café der blinden Spiegel. So nannten sie das kleine Café, in dem sie sich kennengelernt hatten. Das Café mit seiner verstaubten Nostalgie und dem alten Schachspieler, der mit sich selbst Schach spielte.

Vor den hohen Fenstern tanzten Schneeflocken zum Wiener Walzer, der im Dreivierteltakt aus einem Lautsprecher in der Fußgängerzone schallte.

»Schau mich an!«, hatte Fynn zu ihr gesagt. Sie hatte ihn angesehen, und er hatte ihren Blick nicht wieder losgelassen.

»Wir beide für immer.« Das hatten sie einander geschworen.

Jetzt war das Bett neben ihr leer und kalt. Diese verdammte Kälte, dort, wo sein Körper sie warm gehalten hatte. »Und bitte, hör nie wieder auf, mich zu sehen.«

Nicht sie, er hatte die Augen geschlossen, vor ihr verschlossen, und der Schlüssel war fort.

»Du verdammter Idiot, du Verräter, nie hätte ich gedacht, dass du so fies, so gemein sein kannst.« Sie hatte geflucht. Fynn verflucht, doch nicht er, ein anderer hatte den Schlüssel weggeworfen. Der da oben? Das Schicksal? Leonie glaubte weder an das eine noch an das andere. Sie glaubte an gar nichts mehr. »Ich glaub nicht einmal mehr an mich selbst.«

Wieder eine Nacht, in der sie nicht schlafen konnte. Sie fror. Deckte sich nicht zu. So konnte sie zumindest noch etwas von ihm spüren, auch wenn es nur seine Abwesenheit war.

»Ich sehe dich. Immer ...« Sie hatte es ihm versprochen. Er ihr auch. Sie hatte ihr Versprechen gehalten. Er das seine nicht.

Wüstenaugen. Keine einzige Träne. Ihre Augen waren versandet. Seit er fort war, kostete es sie unendliche Kraft, die Augen überhaupt offen zu halten, Tag für Tag.

Fynn und Leonie. Leonie und Fynn. Der Mann aus dem Norden. Blond, stark und gelassen. Sie dagegen war wie ... »Du bist wie der Quirl auf zu hoher Stufe in meinem Kuchenteig«, das hatte ihre Mutter früher oft zu ihr gesagt. Und das war sie als Kind auch gewesen. In allem etwas zu schnell. Jetzt schaffte sie es kaum, einen Fuß vor den anderen zu setzen. Und warf sie am Morgen im Badezimmer einen flüchtigen Blick auf ihr Spiegelbild, war sie überrascht, dass sie noch immer so aussah wie vorher. Volle Lippen, Stupsnase mit unzähligen Sommersprossen, schulterlanges dunkles Haar und tiefblaue Augen. Fynn hatte diesen Kontrast geliebt und ihre Sommersprossen.

»Ich liebe diese kleinen braunen Dinger!« Deckte Leonie sie mit viel Puder ab, küsste er sie wieder frei. »Versteck dich nicht. Sei, wie du bist.« Jede einzelne von ihnen hatte er frei geküsst … verdammt, hatte … hatte … hatte …. Keine Träne. Dabei hätte sie gern geweint.

Sie hatten einander so sehr geliebt. Sich ineinander fest, aber nie satt geliebt. Kobold Leonie und Fynn, der Poet.

»Im Aufwind deines Lächelns bin ich frei.«

»Meine Träume tanzen auf deiner Sommersprossennase.«

Vorbei! Das Leben kennt keine Gnade. Da konnten einem, o du fröhliche und du selige, die Schneeflocken vor den Fenstern noch so sehr vorwirbeln, dass das Leben schön war. So rein. So weiß. So absolut perfekt. Vorweihnachtliche Bilderbuchwelt hinter blank polierten Schaufenstern. Lüge. Die über die Straßen gespannten Lichterketten, Lüge, Lüge. O Tannenbaum, Stille Nacht, heilige Nacht. »Lüge, Lüge, Lüge!«

Dabei war der Advent für sie und Fynn etwas Besonderes gewesen. Hand in Hand waren sie über das

Kopfsteinpflaster gelaufen. Schritt neben Schritt im frisch gefallenen Schnee. »Hörst du den Winterwind? Sein leises Flüstern? ›Advent, Advent‹?«

Sie hatten versucht, den Sternenstaub einzufangen, den der Engel in der Waldweihnacht aus seinem Glitzerstab zauberte. Zwischen knorrigen Stämmen und Bäumen, tausendfach mit kleinen Lichtern besetzt. Sie hatten Glühwein getrunken, sich gegenseitig mit Schmalznudeln gefüttert, der Chor sang *Tu scendi alle stelle* und *Walking in the air*, Fynn hatte sich auf der fast völlig eingeschneiten Waldbühne vor ihr hingekniet und hatte ihr einen Heiratsantrag gemacht. »Willst du mich, Leonie? Für immer?«

»Ja, Millionen Mal und noch einmal ja!« Leonie war vor Begeisterung ebenfalls auf die Knie gefallen und dann ganz kurz in Ohnmacht. Die Besucher des Weihnachtsmarkts hatten applaudiert, und am nächsten Tag hatte man alles auf *YouTube* bewundern können. Den Heiratsantrag, seinen Kniefall, ihren Kniefall, wie sie ohnmächtig in seine Arme gesunken war und er sie mit Küssen zurück ins Leben geholt hatte.

»Der Hochzeitstag, der schönste Tag im Leben? Niemals«, hatte Leonie protestiert, »das würde ja heißen, dass es danach nur noch abwärtsgeht.«

Als Kind hatte sie davon geträumt, durch einen Wald zu laufen, der nur aus Zuckerwatte bestand. Auf dem Wind zu reiten und sich aus vom Sonnenlicht beschienenen Regentropfen eine ganz lange Glitzerkette zu basteln. Sie hatte versucht, sich so oft und so schnell um sich selbst zu drehen wie der Propeller eines Flugzeugs, abzuheben und mit den Jungvögeln im Frühling um die Wette zu fliegen. Die Hochzeit mit Fynn war all das gewesen. Zuckerwattewald, Ritt auf dem Wind, Regentropfenkette und Flugzeugpropeller. Alle Träume, die sie jemals geträumt hatten, wurden vor dem Traualtar wahr, als er den Ring an ihren und sie den Ring an seinen Finger steckte.

Einen Monat später dann ein fast beiläufiger Kuss. »Ich fahr nur mal schnell zum Türken.«

Warum ihn lange küssen, er kommt ja gleich wieder zurück, und sie will unbedingt noch die letzte Folge ihrer Lieblingsserie The Big C *zu Ende sehen, der Geschichte einer Frau, die ihrer Krebserkrankung auch mit Humor begegnet. Schmachten, sich kringeln vor Lachen und gleichzeitig happy sein, dass der Tod noch kein einziges Mal Platz genommen hat in ihrem Leben. So weit weg ist … so weit … weg … Und Fynn will ja auch nur schnell etwas für das Abendessen aus dem kleinen türkischen Laden holen. Peperoni, die kleinen, ganz scharfen. Fynn liebt es scharf.*

Noch heute, in all den Nächten ohne Schlaf hörte sie sein »Ich fahr nur mal schnell zum Türken«, hörte sie, wie die Wohnungstür hinter ihm leise ins Schloss fiel. Spürte sie wieder dieselbe Sehnsucht, die sie immer empfunden hatte, sobald er sich, wenn auch nur für fünf Minuten, von ihr entfernte.

»Ich habe nichts geahnt. Nichts gefühlt.« Das vor allem warf sie sich vor. Dass sie es nicht gefühlt hatte. Sie waren einander doch so nah gewesen, hatten oft im selben Moment das Gleiche gedacht und ausgesprochen. Wenn sie nur den Hauch einer Ahnung gehabt hätte, sie hätte sofort den DVD-Player ausgeschaltet, Fynn anders geküsst, ihn anders angesehen. »Auch der letzte Liebesbrief wird mit den Augen geschrieben.« Die Tür hätte sich anders hinter ihm geschlossen, und – sie wäre vorbereitet gewesen auf die beiden Polizisten, die eine Stunde später vor ihr standen.

»Ihr Mann hatte einen Herzinfarkt.«

Atmen. Atmen.

»In welchem Krankenhaus liegt er?«

Schweigen. Es hörte nicht auf. Verdammt, warum hörte dieses verdammte Schweigen nicht auf! »In welchem Krankenhaus er liegt, will ich wissen!«

»Er war sofort tot.« Der ältere der beiden Polizisten wich ihrem Blick aus. »Herzinfarkt.«

»Herzinfarkt ... aber ...«, sie begriff nicht. »Er ist doch noch jung. Da kriegt man doch keinen ...«

»Er saß noch in seinem Wagen.« Der Polizist ging nicht auf sie ein. »Eine Fußgängertruppe stand an der Ampel. Gut, dass nicht mehr passiert ist. Irgendwie konnte er den Wagen noch an den Leuten vorbeilenken. Er hat Leben gerettet ...«

»Und was wollen Sie ihm dafür verleihen? Eine Ehrenmedaille posthum?« Sie war nie zynisch gewesen. Jetzt aber schützte sie der Zynismus vor dem Zusammenbrechen. »Was geht mich das Leben anderer an, wenn sein Leben vorbei ist und meins damit auch? Herzinfarkt!« Sie hatte den Polizisten angeschrien, als hätte er seine Pflicht versäumt, die Bürger zu schützen. »Herzinfarkt mit fünfunddreißig!«

An das, was danach geschah, konnte sie sich kaum

noch erinnern. Da war nur dieser eine Gedanke, bis heute hatte er sie nicht losgelassen: Jetzt ist es so weit. Nichts mehr wird hinzukommen. Sie hatte keine Zukunft mehr, in ihr war alles nur noch Vergangenheit.

Ihre Großmutter war neunundachtzig gewesen, als sie so empfunden hatte. Sie aber war erst zweiunddreißig. Von nun an würde ihr Leben nur noch Erinnerung sein. Sie heulte auf. Sie wusste nicht, dass sie es war, die aufheulte, dass ein Mensch überhaupt in der Lage war, so einen Ton von sich zu geben.

Die Beerdigung brachte sie mit vielen Beruhigungsmitteln hinter sich, danach ließ sie sich ein halbes Jahr krankschreiben. Ihr Körper war da, ihre Seele war Fynn längst in die Dunkelheit gefolgt. Doch darauf nahmen weder Krankenkasse noch Arbeitgeber Rücksicht.

»Zurück an die Arbeit!« Doch wie sollte sie Menschen mit Sprachstörungen helfen, wenn sie selbst stumm war und taub?

»Sie rutscht uns in die Depression ab.« Ihre Mutter machte sich große Sorgen um sie.

»Sie trauert«, beruhigte ihr Vater. »Lass sie trauern.«

Leonie wusste nicht, wer von beiden recht hatte. Sie wusste nur, heute war der erste Advent, genau vor einem Jahr war es passiert.

Am Morgen war sie aufgestanden. Hatte mit einem Knopfdruck die Kaffeemaschine und gewissermaßen sich selbst angestellt. Beides funktionierte. Während der Kaffee kochendheiß durch den Filter in die Kanne lief, prasselte das Wasser aus der Dusche eiskalt über ihren Körper. Vor einem Jahr noch war das Wasser warm gewesen, und sie hatte das sinnliche Prickeln genossen, oft auch gemeinsam mit Fynn. Jetzt war das Duschen nur noch ein notwendiger Akt, wie alles in ihrem Leben. Eine Stunde später arbeitete sie mit einer Patientin – sie war Logopädin in einer neurologischen Klinik – vor dem Spiegel. Karin Baumeister litt an Sprechapraxie, einer Sprachstörung, durch die Konsonanten bei der Artikulation der Atemluftstrom blockiert wurden. Vor allem aber hatte sie Schwierigkeiten mit dem P, B, T und dem C.

»Mmmmmm!« Mit dem M kam Karin Baumeister einigermaßen zurecht. Vielleicht würde sie nie wieder über diesen Buchstaben hinauskommen. »Mmmmmm.« Sie übte einfach zu wenig.

»Sie müssen mehr üben, sonst kommen Sie nie wieder über ein Vokabular aus Mama, Mai, Müh und Muh hinaus.«

Leonie war hart, zu hart, und Karin Baumeister zog sich gekränkt zurück. Nach Karin Baumeister kam Daniel, er war zehn und stotterte, einige andere Patienten folgten. Keiner von ihnen konnte sich so ausdrücken, wie er sich ausdrücken wollte. Dann war auch dieser Tag zu Ende.

»Bis morgen!« Schwester Heike, die Leonies Patienten koordinierte, verabschiedete sich – in einen Feierabend mit Ehemann und zwei Kindern.

»Bis morgen!«

Leonie ging durch den Park. Die Äste der Bäume und der Sträucher bogen sich fast bis zum Boden. Zu viel Schnee, der ihnen triumphierend im Nacken saß, sich seiner Macht bewusst, dass er sie brechen konnte. Ast für Ast. Zweig um Zweig. Im letzten Jahr hatten Fynn und sie die Äste von ihrer Last befreit und sich darüber gefreut, mit welcher Wucht und welcher Freude die Äste nach oben schnellten, auch noch den letzten Schnee von sich abschüttelten, endlich wieder frei, dann eine leichte Verbeugung, so als wollten sie Danke sagen. Dieses Jahr tat Leonie nichts. Sollten die Äste doch brechen!

Sie erreichte das Mehrfamilienhaus, in dem sie wohnte, wollte schon ihre Wohnungstür aufsperren, als ihre Nachbarin, Elisabeth Konrad, so flink, als habe sie schon auf Leonie gewartet, ihre Tür öffnete.

»Frau Fink, für Sie ist etwas abgegeben worden.«

Das Etwas, das für Leonie abgegeben worden war, lag in einem Körbchen, war irgendwie rund und kohlrabenschwarz. Bis auf ein weißes Bärtchen und eine weiße Blesse auf der Brust. Himmelfahrtsschnauze und Knopfaugen unter Pony und langen Wimpern. Die hoben sich jetzt leicht, und darunter sah das Etwas Leonie an. Durch ihre Arbeit wusste Leonie, wie ausdrucksstark Augen sein konnten, wenn die Sprache fehlte. Und die Augen des Hündchens waren mehr als ausdrucksstark.

»Das kann nur ein Irrtum sein.«

»Es ist ein Weibchen. Sie ist mit DHL gekommen.«

»Mit der Post? Wer tut denn so was? Schickt einen Hund mit der Post?«

»Ganz so ist es offenbar nicht. Der DHL-Fahrer hat sich ganz lieb um sie gekümmert. Er sagt, sie heißt Deleen.«

»Und er hat nicht gesagt, woher der Hund kommt?«

»Ich habe nicht gefragt. Ich dachte ...«

»Sie haben gedacht, ich hätte einen Hund bestellt? Vielleicht noch aus einem Katalog. Hunde holt man aus dem Tierheim oder, wenn es unbedingt sein muss, von einem guten Züchter.«

»Es war noch etwas dabei.« Elisabeth Konrad ging nicht weiter auf Leonies Protest ein, sondern überreichte ihr einen Adventskalender.

»Das ist alles?«

»Ja.«

»Und es war ganz sicher keine Nachricht dabei?«

»Ja, glauben Sie, ich unterschlage Ihre Post!« Elisabeth Konrad sah Leonie empört an.

»Natürlich nicht, Frau Konrad. Tut mir leid.« Leonie musterte Hund und Adventskalender. Das Hündchen musterte Leonie zurück.

»Dann bring ich den Hund gleich morgen früh ins Tierheim, und den Adventskalender geben Sie Ihrem Enkel.«

Elisabeth Konrad sah sie entrüstet an. »Ich bin erst einundfünfzig, ich habe noch keinen Enkel.«

Irgendwann war es vorbei mit dem Verständnis für die Trauer und dem Mitgefühl. Schließlich musste das Leben weitergehen. Elisabeth Konrad drückte Leonie den Adventskalender in die Hand und schloss ihre Wohnungstür.

Hündchen sagte nichts. Hündchen schnarchte zufrieden in seinem Körbchen. So als sei es nach einer langen Reise endlich angekommen.

2. TAG IM ADVENT

Natürlich kann man ohne Hund leben,
es lohnt sich nur nicht.
Heinz Rühmann

Da war ein Geräusch. Leonie schoss aus ihrem Bett in die Höhe. Einbrecher. Sie kamen immer in der Adventszeit, schlichen sich im Dunkeln heran, brachen blitzschnell Fenster und Türen auf. Leonie tastete nach der Nachttischlampe. Sie hatte keine Angst. Wovor auch? Das Schlimmste hatte sie hinter sich. Knipste die Nachttischlampe an, sah sich um, und für den Bruchteil einer Sekunde schien es ihr, als tauche Fynns geliebtes Gesicht im Kegel des sanften Lichts auf, wie so oft gefesselt von einem Roman. Nächtelang hatte er gelesen. Manchmal wusste sie schon gar nicht mehr, woher er all die Romane nahm, die er förmlich in sich hineinstopfte … Aber es war eben nur der eine Sekundenbruchteil zwischen dem Versuch, sich in etwas hineinzuträumen, und dieser verfluchten Realität, die sie immer weniger ertragen konnte.

Fynn verschwand. Das Licht blieb. Stille. Kein einziger Laut. Auch draußen war alles ruhig. Leonie knipste das Licht wieder aus. Schloss die Augen. Schlafen können. Nur einmal. Vergessen. Sie wollte einfach nur für ein paar Stunden vergessen, wie sehr Fynn ihr fehlte. Dass jede einzelne Körperzelle verzweifelt nach ihm schrie.

Sie atmete tief ein, und gerade als sie wieder ausatmen wollte, heulte etwas auf wie die Fabriksirene jeden Samstagmittag in dem alten Chemiewerk aus ihrer Kindheit. Sie hielt den Atem an. Gleichzeitig schwoll das Heulen an. Erreichte den absoluten Höhepunkt und fiel danach abrupt in sich zusammen. Erneute Stille.

Aber es war keine Stille, die nichts von einem wollte, nichts verlangte, einfach nur still war. In dieser Stille lag Erwartung. Leonie hörte nichts mehr, aber sie fühlte die *Vibrations*, die von unglaublicher Energie aufgeladenen unsichtbaren Schwingungen, kreisrund, welche die Schallmauer der geschlossenen Schlafzimmertür durchbrachen.

Das DHL-Paket auf vier Pfoten und mit viel Fell wollte zu ihr ins Zimmer. Unbedingt. Mit all seiner Kraft. Es heulte wieder auf. Dehnte das Heulen in eine Länge, die seine Lungen gerade noch hergaben, legte in dieses Heulen all die Emotionen eines Hündchens in größter Not hinein.

Den Schmerz und die unendliche Einsamkeit, die Hündchen fühlte, wenn ein herzloser Mensch es in seinem Körbchen vor die Tür verbannte und es nicht selig im Bett schlafen ließ, wohin ein Hündchen nun einmal gehörte. Ein Naturgesetz, keinesfalls von Hündchen erdacht.

Für den Bruchteil einer Sekunde hätte Leonie mitgeheult, den Schmerz und die Einsamkeit mit dem DHL-Paket auf vier Pfoten geteilt, ohne Absender, aber mit eindeutigem Empfänger. Die Faust ihres Nachbarn nebenan hinderte sie daran. Er donnerte gegen die Wand, wie immer, wenn er sich gestört fühlte. Herr Jantsch, ein wahrlich unsympathischer Zeitgenosse. Ein Wurzelmännchen, das sich größer machte, als es war. Er war bei der Feuerwehr und brauchte seinen Schlaf, weil er angeblich Leben retten musste, und wenn Leonie weiterhin so lärmte, dann würde er ihr von seinem Vater – er war Rechtsanwalt – einen Brief schreiben lassen, dass das so ja nun überhaupt nicht ging. Jawohl! Herr Jantsch war Ende vierzig!

Fynn hatte das lärmende Jantschmännchen ignoriert, mit Fynn hätte das Männchen es auch nie aufgenommen. Jetzt, da Fynn nicht mehr da war, spielte es sich auf. Leonie wollte keinen Ärger. Hündchen offenbar auch nicht. Es verlegte sich auf das weniger lautstarke, aber dennoch entschlossene Kratzen an der Schlafzimmertür. Seufzend kroch Leonie aus dem warmen Bett. Der einzige Ort, an dem sie sich halbwegs geborgen fühlte. Sie öffnete die Tür, und das randalierende Hündchen sah sie aus seinen großen schwarzen Augen an. Das heißt, Leonie ahnte, dass es sie ansah, denn die Augen waren wie immer unter dem dichten Fellvorhang verborgen. Dennoch war der Blick so intensiv, das Himmelfahrtsschnäuzchen schaute so traurig zur Zimmerdecke, dass Leonie sanfter reagierte, als sie vorgehabt hatte.

»Das Bett ist tabu, du hast dein Körbchen, und jetzt ist gefälligst Ruhe. Aus!«

Hündchen blieb in seiner unschuldigen Musterschülerhaltung – »Ich tu doch überhaupt nix« – sitzen. Leonie drehte sich zufrieden um, schloss die Tür, wandte sich zum Bett und traute ihren Augen kaum. Da lag Hündchen selig in sich zusammengerollt auf ihrer Seite, da, wo das Laken noch ganz warm war.

»Wer bist du?« Etwas ratlos sah sie Hündchen an. »Mr. Spock aus dem Raumschiff Enterprise, der sich von einem Ort zum anderen beamen kann?«

Der war Hündchen nicht. Hündchen war weiblich. Ein Tibet-Terrier-Weibchen und tatsächlich in der Lage, den einen Platz mit einem anderen zu tauschen, ohne dass man es auch nur eine Sekunde wahrnahm. Durch geschlossene Türen gehen konnte sie allerdings nicht. Das jedoch wusste Leonie alles noch nicht, und hätte sie es gewusst, hätte es sie zu diesem Zeitpunkt nicht interessiert.

»Raus!« Leonies Stimme klang nicht mehr sanft. Ihr Knurren hätte es mit jedem Hund aufnehmen können. Das hatte ihr in ihren ohnehin schon schlaflosen Nächten noch gefehlt. Ein schwarzes Ungeheuer in ihrem Bett.

Es gibt Blicke, und es gibt vernichtende Blicke. Der Blick, den Hündchen Leonie unter seinem Pony zuwarf, hatte die Stärke eines Tornados. Nur flog nicht das Dach über Leonie davon, sondern Hündchen endgültig raus aus dem Schlafzimmer. Das zumindest hatte Leonie gedacht.

Bis zum Morgen. Der zweite Advent. Und es war nicht nur ein zweiter Advent. Es war ein ganz besonderer zweiter Advent, denn Leonie hatte durchgeschlafen. Zum ersten Mal seit einem Jahr. Und wenn da nicht etwas Eigenartiges – und es war nicht die Wintermorgensonne, die durch ihre Jalousien fiel –, also wenn da nichts in ihrem Gesicht gekitzelt hätte, wäre sie vermutlich auch jetzt noch nicht aufgewacht. Und da war auch noch dieser Duft. Eher Geruch, der sich vor und in ihrer Nase entfaltete wie das Bouquet eines, nun ja, eher schlechten Weins. Nur war es nicht das Bouquet eines schlechten, verdorbenen Weins, sondern ... Leonie riss die Augen auf, glaubte kaum, was sie da wirklich roch. Es war ein Pups. Aus einem zugegebenermaßen entzückenden, wenn auch haarigen Hinterteil, an dem zwei Pfoten hingen. Hinten zwei Pfoten, vorne zwei Pfoten, selig ausgestreckt, ebenso wie der ganze kleine und dennoch kräftige Körper.

Hündchen dehnte und streckte sich zufrieden, boxte dabei die Hinterläufe direkt auf Leonies noch vor Verwunderung offenen Mund, wollte schon genüsslich weiterschnarchen, doch nicht mit Leonie! Eine schnelle Bewegung, und sie warf Hündchen aus dem Bett.

Empört saß Hündchen vor ihr. Schüttelte die groben Menschenhände noch im Nachhinein unwillig ab. In diesem Moment begriff Leonie eins: Dieses Hündchen konnte sich nicht nur an irgendwelche Orte beamen, es konnte auch durch geschlossene Türen gehen. Und noch etwas wurde ihr klar: Zum ersten Mal seit einem Jahr hatte sie die Nacht nicht allein verbracht, und der Platz neben ihr war nicht mehr kalt, sondern warm.

Dennoch blieb Leonie bei ihrem Entschluss. Sie wollte keinen Hund und schon gar keinen, den ihr jemand offenbar als Komm-endlich-raus-aus-der-Trauer-Hund aufs Auge drücken wollte.

Ihre Eltern? Sie lebten in Niederbayern. In Kelheim, der kleinen Stadt an der Donau mit Befreiungshalle, Donaudurchbruch und dem Kloster Weltenburg, das – nach Fynns Aussage – weltweit das beste dunkle Bier braute. Fynn musste es wissen, er war Meeresbiologe und hatte auf fast jedem Kontinent gearbeitet, ehe er den Job im *Sealife* annahm, dem großen Aquarium im Olympiapark. Stopp! Sie dachte in der Gegenwart, aber Fynn war vorbei … vergangen … weg! Verschwunden im Niemandsland. Wann endlich würde sie es begreifen. Akzeptieren, dass er nicht mehr zurückkam. Nie mehr!

Ihre Eltern jedenfalls behaupteten, mit dem Hund nichts zu tun zu haben. »Nein, Liebes, das waren wir nicht, aber du wirst ihn doch behalten?«

»Ganz bestimmt nicht!«

»Aber, Leonie, so ein Tier wird dir guttun. Du bist nicht mehr so allein, du …«

Ihre Eltern waren nach Fynns Tod für sie da gewesen. In Leonies Elternhaus. Die gemeinsame Wohnung mit Fynn – es war ihr unmöglich gewesen, sie auch nur zu betreten. Aber dann hatte sie es auch in ihrem Elternhaus nicht mehr ausgehalten, wollte zurück in das Wohnzimmer, in dem noch die Zeitung lag, in der er gelesen, in die Küche, in der noch das Glas stand, aus dem er einen Schluck Leitungswasser getrunken hatte. Ihre Lippen hatten auf dem Glas nach seinen Lippen gesucht. Sie hatte sich in seinen Kleiderschrank verkrochen, inmitten seiner Anzüge, Hemden, T-Shirts, Jeans und Unterwäsche, die sie von den Bügeln und aus den Fächern gerissen hatte. Fast panisch hatte sie mit Nase, Mund, mit jeder Pore seinen Geruch aufgesaugt, sich bis obenhin damit vollgestopft, als könne sie seinen Geruch auf diese Weise vor der Zeit schützen, die irgendwann kommen würde, um ihn fortzutragen und damit Platz zu schaffen für neue Gerüche. Sie wollte nichts Neues. In der Wohnung sollte, musste alles so bleiben, wie es war.

»Ihr glaubt wirklich, ein Hund kann Fynn ersetzen?« Der Telefonhörer in Leonies Hand zitterte vor Empörung.

»Natürlich nicht, nur, Leonie, das Leben muss doch irgendwie weitergehen.«

»Mit einem Hund!«

Hündchen nahm Leonies Hand, die Hand, die nicht den Telefonhörer hielt, behutsam zwischen seine Lippen. Es hatte tatsächlich Lippen. Pechschwarze schmale Lippen. Es nahm Leonies Hand also zwischen die Lippen, aber Leonie spürte auch die Zähnchen. *Wenn du jetzt was Falsches sagst, beiß ich zu.*

Sie sagte das Falsche, und das auch noch voller Ironie, und Hündchen biss nicht zu, aber es zwickte.

»Au, spinnst du?«

Hündchen hob sein Schnäuzchen, so dass es noch mehr gen Himmel fuhr als ohnehin. *Ich zeig dir schon noch, wo es mit mir langgeht!*

Doch zuerst zeigte Leonie Hündchen, wo es langging. Sie suchte weiter nach demjenigen, der auf die völlig unmögliche Idee gekommen war, ihr als Wiederbelebungselixier einen Hund zu verpassen, fand ihn aber weder unter ihren Freunden noch bei Fynns Familie. Schließlich wählte sie die Nummer vom DHL-Paket- und Postservice. Wenn jemand wissen musste, woher Hündchen kam, dann er.

Die Stimme aus dem Computer war durchaus freundlich. *Herzlich willkommen beim Kundenservice von DHL-Paket,* wurde Leonie begrüßt. *Verfolgen Sie Ihre Sendung einfach und bequem online unter www.dhl.de.*

»Hätte ich meine Sendung online verfolgen wollen, hätte ich es getan, verdammt.«

Die Computerstimme blieb ungerührt. *Alle Informationen zur Versendung von Sendungen zu Weihnachten wählen Sie www.dhl.de. Slash Weihnachten. Um den Status ihrer nationalen Sendungen zu prüfen, wählen Sie bitte die 1.*

Leonie tat, wie ihr geheißen, und wählte die 1.

Nennen Sie mir bitte jetzt ziffernweise den Identitätscode … Identitätscode? Die Computerstimme blieb freundlich, wies sie darauf hin, dass sich die Nummer rechts oben auf ihrer Lieferung befand.

Leonie schaute die Lieferung an. Die Lieferung

blickte bedauernd zurück. Mit einem Identitätscode oben rechts konnte sie leider nicht aufwarten. Da war nur Fell. Dichtes schwarzes Fell und keine einzige Nummer. Bis auf die Nummer im Ohr, eintätowiert, für den Fall, dass sie verloren ging, die Lieferung, aber das half Leonie nun wirklich nicht weiter.

Während sie noch hin und her überlegte, wurde sie von der noch immer freundlichen und durchaus geduldigen Computerstimme darauf hingewiesen, dass der Anrufer wohl mit dem Code Probleme habe, sprich, einfach nur zu blöd sei, um ein paar Ziffern zu finden, und ihm nun doch ein menschliches Wesen zur Seite stehen würde ... Allerdings werde es exakt sieben Sekunden dauern, bis ein freier Platz zur Verfügung stehe.

Es dauerte exakt sieben Sekunden. Der freie Platz stand zur Verfügung und mit ihm eine nicht mehr sehr freundliche, dafür aber menschliche Stimme. Sie wies Leonie sehr unfreundlich daraufhin, dass DHL grundsätzlich keine Tiertransporte übernehme.

»Sie irren sich«, widersprach Leonie. »Sie übernehmen Tiertransporte. Der Lebendbeweis sitzt neben mir.«

Der Lebendbeweis bellte.

Der DHL-Mensch blieb von Leonies und Hündchens erster Teamarbeit unbeeindruckt. »Tut mir leid. Das kann gar nicht sein.«

»Und ob es das kann! Im Gegensatz zu Ihnen, weil – Sie können offenbar gar nichts!« Leonie legte, nein, sie schmetterte den Hörer auf.

Hündchen sah Leonie fragend an, Leonie schaute

ratlos zurück. Und noch in demselben Moment, in dem sie es aussprach, tat es Leonie genau da weh, wo eigentlich das Herz saß. »Tut mir leid, Kleine, dann musst du halt doch ins Tierheim!«

Hündchen verstand nicht. Schaute sie nur mit großen Augen an.

Leonie nahm die Leine.

Hündchen verstand. Gassi gehen! Sprang entzückt auf. Der Schwanz, der etwas von einer Fahne hatte, wedelte fröhlich im Wind. Allerdings nur bis zu jenem Augenblick, in dem sich die Tür des Käfigs hinter ihm schloss. Wie langsam sich ein Hundeschwanz senken konnte! Zunächst noch auf Halbmast hing er jetzt völlig fassungslos auf dem Steinboden des Käfigs herum. Und dann dieser Blick. Nicht Verrat war sein Ausdruck, sondern der völlige, absolute Unglauben.

Die Frau vom Tierheim versuchte, Leonie zu beruhigen. »Die Hündin ist doch jung, etwa ein Jahr, wir werden sehr schnell liebe Besitzer für sie finden.«

»Sie heißt Deleen.«

Wenigstens das wollte Leonie noch für Hündchen tun. Dann drehte sie sich auf dem Absatz um und ging, ohne sich auch nur einmal umzusehen.

Deleen blieb mit großen Augen zurück.

Bisher hatte sie die Welt verstanden.

Jetzt – verstand sie nichts mehr.

Sie jaulte auf.

Leonie ging schneller.

Deleen jaulte lauter!

Leonie schlug die Autotür hinter sich zu, ließ den

Motor an und wusste noch im selben Augenblick, dass sie zwar das Richtige getan hatte, aber dass es trotzdem falsch war.

3. TAG IM ADVENT

Hunde können Wunder bewirken.
Wir schenken unseren Hunden ein klein wenig
Liebe und Zeit. Und unsere Hunde, sie schenken
uns restlos alles, was sie zu bieten haben.
Es ist zweifellos das beste Geschäft,
was der Mensch je gemacht hat.
Unbekannt.

Um 8. 20 Uhr mit der S-Bahn in die Neurologische Klinik fahren, um 8. 55 Uhr erster Blick in die Akten. Erste Patientin wartet schon. Ein Kind mit Mutter und einer Sprachentwicklungsverzögerung, falsches Konjugieren von Verben. 9.45 Uhr der nächste Patient. Wieder ein Kind. Ein Junge, mit dem die Zungenrückziehermuskulatur trainiert werden muss … und und und …

Doch erst bei Daniel, dem kleinen Stotterer, fiel es Leonie wieder ein. Sie hatte den Adventskalender mitgebracht, um jeden Tag einen anderen ihrer kleinen Patienten mit dem Öffnen eines Türchens zu belohnen, weil er seine Hausaufgaben gemacht hatte. Daniel hatte seine Hausaufgaben gemacht.

»Guck mal hinter das dritte Türchen, Daniel.«

Vorfreude. Spannung und dann – Enttäuschung, so tief, als sei Daniel gerade in ein Loch gefallen, aus dem es ihm nur mühsam gelang wieder herauszukrabbeln. »Da da is … iss … ni … ni-chts … drin!« Das »Drin« folgte schnell und in einem Atemzug.

Tatsächlich, hinter dem Türchen – gähnende Leere.

»Okay, Daniel, kein Problem, mach einfach das zweite Türchen auf.« Leonie lächelte, aber ihr Lächeln war nichts weiter als eine nur kleine Flamme, die erlosch, ehe sie die Augen erreichte. Daniels Lächeln dagegen war voller Vorfreude. Seine ganze Körperhaltung verriet die innere Spannung, was würde sich hinter dem zweiten Türchen verbergen. Etwas, das besonders großartig war, wenn schon das dritte Türchen leer ausging. Daniel öffnete das zweite Türchen und – ein Blick, als sei es Leonies größtes Vergnügen, siebenjährige Jungs auf den Arm zu nehmen. Auch das zweite Türchen war leer. Leonie seufzte, gab Daniel das obligatorische Stück Schokolade, Daniel ging freudestrahlend, und Leonie öffnete ein Türchen des Adventskalenders nach dem anderen. Alle leer. Wer zum Teufel schickte ihr einen leeren Adventskalender und einen Hund? Ein übler Scherz? Aber warum? Sie wollte den Adventskalender schon in den Papierkorb stopfen, als ihr etwas auffiel. Zunächst das Motiv des Adventskalenders, das sie bisher kaum beachtet hatte. Ein vom Mond erleuchteter Weg durch den tief verschneiten nächtlichen Winterwald, der in einer Lichtung mündete, auf der schon das Christkind wartete. Doch beim näheren Hinsehen war es nicht das Christkind. Es war eine als Christkind verkleidete – Vogelscheuche.

Leonies Herz klopfte bis zum Hals. Sie kannte die Vogelscheuche, Rosi, und sie kannte ihre Geschichte. Der alte Mann hatte sie ihnen erzählt. Sie hatten ihn auf ihrem Waldspaziergang getroffen, und er hatte sie in das kleine Forsthaus eingeladen, das er bewohnte. Rosi hatte mit am Abendbrottisch gesessen.

»Tagsüber verscheucht sie die Vögel aus meinem Gemüsegarten«, hatte der alte Mann gesagt, während er die Kaminwurzen in drei exakt gleiche Teile schnitt und das Brot verteilte. »Abends aber hole ich sie zu mir. Dann bin ich nicht mehr einsam. Sie redet nicht viel, aber sie hört zu.«

Wie zum Teufel kam Rosi auf den Adventskalender eines Unbekannten? Das allein war es jedoch nicht. Das erste Türchen stand etwas auf. Vermutlich war es aufgesprungen, als sie den Adventskalender so vehement bearbeitet hatte. Hinter dem Türchen war etwas. Leonie zog es heraus. Ein Blatt Papier. Sorgfältig gefaltet und so klein zusammengelegt, dass es exakt in den Raum hinter dem Türchen passte.

Leonie hielt das, was offensichtlich ein Brief war, in der Hand. Wusste nicht, was sie zögern ließ, ihn auseinanderzufalten und zu lesen. Es war ein Gefühl. Ein Gefühl, hätte sie es beschreiben müssen, sie hätte es nicht beschreiben können. Kein Unbehagen. Hatte ihr Herz beim Anblick von Rosi noch schneller geschlagen, so raste es jetzt. Angst, ja Panik. Vor etwas, das auf sie zukommen und das sie nicht mehr würde aufhalten können, ließe sie sich darauf ein.

Sie drückte auf die Taste der Gegensprechanlage. »Schwester Heike, sagen Sie bitte Herrn Lasogga, dass es noch etwas dauern wird. Danke.«

Sie ließ die Taste wieder los. Betrachtete den Brief. Noch war sein Inhalt in seinen Falten gefangen. Aber was war, wenn sie Falte um Falte den Inhalt freilegte? Würde er etwas verändern? Nichts sollte sich verändern. Alles sollte genau so bleiben, wie es war. Denn machte sie auch nur einen Schritt auf das Leben zu, ließ sie Fynn hinter sich. Sie verlor jetzt schon Tag für Tag etwas mehr von seiner Stimme, konnte sie nur zurückholen, indem sie immer und immer wieder die Ansage auf seiner Mailbox abhörte.

»Das ist der Anrufbeantworter von Fynn Petersen – Nachrichten nach dem Piep!« Kurz und knapp. Viel zu kurz und viel zu knapp.

Leonie faltete das Blatt Papier auseinander.

Erstarrte.

Sie hatte alles erwartet.

Das nicht!

Sie kannte diese Schrift.

Hatte sie schon so oft gesehen. Einfach nur etwas dahingekritzelt auf einem Notizzettel. *Brauchen Milch. Ich besorg das Brot.* Oder mit Buchstaben, schön geschwungen, fast wie gemalt: *Ich liebe dich heute mehr als gestern, aber weniger als morgen.*

Die Buchstaben sahen aus, als habe derjenige, der sie schrieb, sie schönschreiben wollen, es aber gleichzeitig eilig gehabt.

Leonies Herz klopfte bis zum Hals.
Sie begann zu lesen.

Meine über alles geliebte Leonie,
heute ist der erste Advent, und ich könnte mit den Worten beginnen, weißt Du noch … aber das wäre die reinste Papierverschwendung. Denn ich weiß, dass Du es noch weißt, ebenso wie Du weißt, dass ich sie nie vergessen werde, so es das Leben nach dem Tod zulässt, ich werde sie nie vergessen, unsere gemeinsame wunderbare Zeit. Ich bin unendlich dankbar dafür. Danke, Leonie. Danke, dass es Dich für mich gegeben hat.

Aber jetzt ist es auch vorbei, das Jahr der Trauer. So gern ich Dich halten möchte, festhalten möchte, wie das letzte Mal, als Du in meinen Armen lagst, jetzt musst Du zurück ins Leben, und das schnell. Vielleicht wunderst Du Dich, dass der Adventskalender leer ist. Aber er ist so wie Dein Leben – im Augenblick. Da bin ich mir sicher. Ich kenne Dich: Ohne Fynn, leeres Leben. Aber dafür bist Du zu jung und zu schön und zu lebendig. Ich will die Leonie wiederhaben, die Du immer warst. Und ich sehe Dich … Ich sehe Dich immer! Also, was ich Dir mit dem leeren Adventskalender sagen will, es wird Zeit, ihn und Dein Leben wieder zu füllen. Mit besonderen, nachdenklichen, lustigen Momenten und vor allem mit Liebe. Und damit Du das Lieben wieder lernen kannst, schicke ich Dir die kleine Hundedame Deleen.

Deleen ist nicht nur ein Hund, Gott bewahre, und

sie ist auch nicht nur ein Tibet-Terrier. Dieser kleine Löwe vom Dach der Welt ist der Glückshund des Dalai Lama. Du glaubst, ich schwindle Dich an? Tu ich nicht. Nicht in meiner außergewöhnlichen Situation, an die ich mich erst noch gewöhnen muss. Mit Füßen einfach so vom Boden weggezogen, von einem Herzen, das einfach so aus dem Nichts seine Arbeit gekündigt hat, fristlos, frei schwebend auf einer Wolke.

Also, Leonie, schon in früherer Zeit wurde der Tibet-Terrier von den tibetischen Klöstern an Reisende verschenkt, damit sie sicher an ihrem Ziel ankamen. Auch Deleen wird dafür sorgen, dass Du sicher an Deinem Ziel ankommst. Welches Ziel, wirst Du jetzt fragen, und ich antworte Dir: Sei wieder glücklich, auch ohne mich. Fang wieder an zu leben, Leonie, für Dich, für mich und vielleicht noch immer ein bisschen für uns. Lass Dich auf dieses kleine Hündchen ein, und es wird Dir jeden Tag etwas Neues zeigen. Und dieses Neue, dieser besondere Moment, den Du mit Deleen erleben wirst, schreib ihn Abend für Abend auf, falte den Zettel zusammen und lege ihn Abend für Abend hinter das Türchen. Vierundzwanzig Mal. Wenn Du das tust, wirst Du am Heiligen Abend nicht nur glücklich sein, sondern es wird auch Dein größter Wunsch in Erfüllung gehen …

Liebe wird mit den Augen geschrieben.
Ich schau Dich an, Leonie – immer!
Dein Fynn

PS Wundere Dich nicht, wenn Deleen mit der Paketpost kommt. Der Züchter ist bei der Post. Übrigens habe ich die Kleine vor einem Jahr selbst ausgesucht.

Leonie begriff nur langsam. Es war Fynn, der den Adventskalender mit Rosi gebastelt hatte. Er war es, der ihr Deleen geschickt hatte. Und – er hatte sie nicht nur in Auftrag gegeben, er hatte sie selbst ausgesucht und vor allem – er hatte ihr diesen Brief geschrieben. Was hatte das alles zu bedeuten? Noch immer setzten sich die Gedanken nicht richtig zusammen. Waren wie Stücke eines äußerst komplizierten Puzzles. Ein Gedanke passte. Der andere wieder nicht. Zwei Gedanken fügten sich nahtlos ineinander, beim dritten fand sie einfach nicht heraus, wo sein richtiger Platz war.

»Leonie, der nächste Patient wartet.« Schwester Heike steckte den Kopf durch die Tür. Leonie reagierte nicht. »Ist Ihnen nicht gut?«

»Alles gut! Brauche nur noch ein bisschen Zeit.«

Ein verwunderter Blick von Schwester Heike, doch sie zog die Tür wieder hinter sich zu. Und genau in diesem Moment fand Leonie das Teilchen, das ihr noch für das Gesamtbild gefehlt hatte. Fynn hatte seinen Tod vorausgeahnt. Es konnte nicht anders sein. Er hatte gewusst, dass er sterben würde und – er hatte kein Wort zu ihr gesagt.

Leonie sprang auf. Lief los. Vorbei an Schwester Heike, die ihr verblüfft nachsah. »Leonie!«

Fynn hatte sie belogen. Mehr noch, er hatte sie betrogen. »Machen Sie bitte neue Termine aus.«

Wut stieg in ihr auf. Er musste von seinem Herzfehler – oder was auch immer es gewesen war – gewusst haben. Und wenn es so gewesen war, dann hatte er ihr nicht vertraut, dann hatte er ihr so etwas elementar Wichtiges verschwiegen. Dann war ihr gemeinsames Leben, ihre Liebe, nichts weiter als eine verdammte Lüge. Glaubte er wirklich, ein Hund, ein Adventskalender und dieser Brief konnten das wiedergutmachen! Warum verdammt noch mal hatte er diesen Verrat nicht einfach mit ins Grab genommen?

»Die Wahrheit!« Sie stand in der Praxis von Doktor Pohl, ihrem und Fynns gemeinsamem Hausarzt. Lachende Praxis hatte Fynn sie immer genannt, da es nur wenig andere Orte gab, an denen so viel gelacht wurde. Möglicherweise in Kinos, die auf Komödien spezialisiert waren, falls es die überhaupt gab. Für das Lachen in Doktor Pohls Praxis war Sprechstundenhilfe Sylvia verantwortlich. Sie war nicht ganz schlank, hatte kurze bunt gefärbte Haare und lachte fast immer. Ein ansteckendes Lachen. Lachen auf Kosten der Krankenkasse. Einmal Lachen, und man fühlte sich gleich wieder fast gesund.

In der Sekunde, in der Leonie vor Doktor Pohl stand und ihn anschrie, konnte sie das unentwegte Lachen im Hintergrund kaum ertragen. »Ich will die Wahrheit wissen!«

»Welche Wahrheit, Frau Fink?« Doktor Pohl sah sie verblüfft an.

»Warum Sie nichts getan, Fynn nicht behandelt, ihn nicht rechtzeitig ins Herzzentrum gebracht haben.«

»So ein Sekundentod, Frau Fink ... Ich habe es Ihnen doch schon mehrmals erklärt...«

»Ja, und dass er beim letzten Check-up völlig gesund war, das haben Sie auch behauptet, aber das stimmt nicht ... Sie haben mich belogen, alle beide ... Warum?« Leonie sank in sich zusammen, ignorierte das Glas Wasser, das Doktor Pohl ihr reichte, sammelte die wenige Kraft ein, die ihr Körper noch hergab, und gab ihm den Brief.

Er las, nicht nur einmal, er las den Brief mehrmals. Dann schaute er Leonie an, sehr lange. »Es sieht so aus, als habe Ihr Mann eine Vorahnung gehabt.«

»Vorahnung?« Sie versuchte den Kopf zu heben. Er war so schwer. So verdammt schwer.

»Nun ja, bei Tieren zumindest scheint sie zu funktionieren.« Doktor Pohls Stimme klang, als setze er nicht nur seine Gedanken, sondern auch seine Worte wie bei einem schwierigen Puzzle zusammen. Er sprach, aber das Begreifen, wovon er sprach, hinkte immer etwas hinterher. Wie bei jemandem, der mit dem einen Bein vorauseilte, das andere aber immer ein wenig nachzog. »Sie ahnen Katastrophen voraus, oder warum glauben Sie, dass in den vom Tsunami überschwemmten Gebieten Asiens keine einzige Tierleiche gefunden wurde? Die Tiere hatten vorher den Küstenbereich verlassen. Und über die Titanic gibt es auch solche Geschichten. Nachweislich hatten einige Menschen Vorahnungen und haben deshalb die Reise auf der Titanic erst gar nicht angetreten.«

»Andere aber schon!« Sie glaubte nicht einmal so richtig an Gott. Sie glaubte an die Realität.

»Vielleicht, weil sie nicht verlernt haben, auf ihre Intuition zu hören? Viele von uns blenden doch die innere Stimme einfach aus, weil sie den Stimmen der anderen mehr vertrauen als sich selbst.«

»Oder es ist draußen einfach zu laut.« Noch klang ihre Stimme spöttisch, doch es gab auch diese andere Realität. Sie hatte bei Fynn nie auch nur das geringste Anzeichen bemerkt, dass mit seinem Herzen etwas nicht in Ordnung gewesen war. Er war sportlich, konnte zur S-Bahn spurten, ohne dass ihm die Luft ausging. »Aber wenn es so etwas wie eine Vorahnung gibt …« Irgendetwas an diesem gleichzeitig so völlig absurden Thema begann sie zu interessieren. »Das würde doch aber bedeuten, dass unsere Zukunft festgelegt ist? Und wenn ja, bedeutet das, dass unser freier Wille nur Illusion ist?«

»Ich weiß nur, dass im vorderen Hirnlappen unseres Gehirns ein Frühwarnsystem angesiedelt ist. Es warnt uns im Voraus …«

»Aber wir hören nicht drauf.«

»Vor allem haben wir noch nicht gelernt, die richtigen Schlüsse daraus zu ziehen. Oder wir haben es im Laufe der Evolution wieder verlernt.«

Doktor Pohl und Leonie sprachen noch lange. Und als Leonie sich endlich von ihm verabschiedete, lange nachdem auch das letzte Lachen verklungen war, wurde ihr erst bewusst, dass sie zum ersten Mal seit einem Jahr nicht einfach nur funktioniert hatte. Sie hatte Interesse gezeigt. Zum ersten Mal echtes und aufrichtiges Interesse …

Sie zögerte noch, aber dann schrieb sie es auf:

Ein interessantes Gespräch geführt, minutenlang nicht an Fynn gedacht und mich dadurch einen halben Schritt von ihm entfernt. Dafür Fynn, werde ich nie aufhören, Dich … zu hassen. Oh, Liebster!

Lippen wie der Flügelschlag eines Schmetterlings. Deine Hände, Glücksspuren auf meiner Haut.

4. TAG IM ADVENT

Ich fand heraus, dass einem im tiefen Kummer von der stillen hingebungsvollen Kameradschaft eines Hundes Kräfte zufließen, die einem keine andere Quelle spendet.

Doris Day

»Ich möchte gern den Hund zurück, den ich gestern zu Ihnen gebracht habe.« Das Tierheim, eine Arche Noah im Grünen, öffnete gerade sein schmiedeeisernes Tor, als Leonie auch schon vor diesem Tor stand.

Die junge Frau sah Leonie bedauernd an. »Es tut mir leid, kaum waren Sie fort, haben wir Deleen schon vermittelt. An eine sehr nette Familie übrigens … Sie hatten schon einmal einen Hund von uns. Einen Cockerspaniel, Penny, er wurde neunzehn Jahre alt.«

»Schön für die Familie und den Cocker.« Leonie interessierte sich weder für andere Menschen noch für andere Hunde! Sie wollte nur eins. Sie wollte Deleen zurück. »Können Sie mir bitte die Adresse geben, damit ich Deleen abholen kann.«

»Nein.«

»Ich bezahle alle Unkosten, die der Familie entstanden sind.«

»Ein Hund ist keine Ware!« Der Blick der jungen Frau wurde streng.

»Ich spende auch fürs Tierheim.«

»Und auch kein Spielzeug. Man stellt ein Tier nicht einfach in eine Ecke, wenn man keine Lust mehr darauf hat. So eine Abgabe ist verbindlich. Tut mir leid.«

Leonie hasste jede Art von Belehrung, nahm sich jedoch zusammen. »Das verstehe ich, und ich bin auch dagegen, dass man Tiere von einem Besitzer zum anderen schiebt.«

»Richtig, das bedeutet nicht nur enormen Stress, sondern kann auch seelische Schäden verursachen.«

»Aber es geht doch hier nur um einen Tag.«

»Tut mir leid.«

»Gar nichts tut Ihnen leid!« Es brach so unvermittelt aus Leonie heraus, dass sie es nicht mehr stoppen konnte, selbst wenn sie gewollt hätte. »Weil Sie keine Ahnung haben. Oder haben Sie schon einmal einen Menschen verloren, den Sie über alles geliebt haben, und dann taucht dieser Mensch plötzlich wieder auf ...«

Die Frau sah Leonie an, und in ihrem Blick – Leonie glaubte es kaum – lag so etwas wie ... Verachtung. Was bildete sie sich überhaupt ein! »Kommen Sie!« Der Ton blieb streng. Die Frau ging voraus. Ein bunt bemaltes Schild wies den Weg: »Wau-Wuff-Bereich«.

Leonie protestierte. »Ich will keinen anderen Hund!« Und folgte.

Im Frühling und im Sommer waren die Wege bestimmt umsäumt von Blumen. Das zumindest verrieten die vielen zugeschneiten Beete. Die Bäume waren grün, ebenso wie das Gras in dem riesigen Freilaufgehege. Jetzt aber lag Schnee, und nichts konnte darüber hinwegtäuschen, dass Leonie in einer Art Knast gelandet war. Es gab nur einen großen Unterschied zum Menschenknast. Im Hundeknast waren die Insassen unschuldig.

Dieses Halbrund von riesigen aneinandergereihten Käfigen. Hundeschnauzen, die versuchten sich zwischen den Gitterstäben durchzuzwängen. Nur einmal streicheln! Bitte! Ein Huskie, einst bestimmt stolz und majestätisch, versuchte seinen Schwanz zu fangen, drehte sich dabei unentwegt im Kreis.

Zum ersten Mal seit einem Jahr fühlte Leonie etwas anderes als nur sich selbst. Und auch das nur in den ganz seltenen Momenten, in denen sie überhaupt etwas fühlte. Das hier war das pure Tierelend!

»Diese Hunde wurden ausgesetzt, abgegeben, weil sie alt und krank sind, der Besitzer verstorben oder zu krank ist, um sich weiter um sein Tier zu kümmern.« Die Stimme der Frau klang etwas weicher. »Der Wuschel da hinten ist ein Trennungshund. Wie so viele. Und ihm ist egal, ob sein Herrchen wieder zurückgekommen ist oder nicht. Er hat jetzt den ganzen Mist am Hals, den seine Besitzer veranstaltet haben.«

Der Wuschel, auf den die Frau zeigte, drückte sich mit aller Kraft gegen das Gitter. Eine Liebkosung. Bitte! Nur einmal streicheln!

Leonie streckte die Hand nach ihm aus. So viele Gefühle. Zu viele Gefühle. Sie nahm die Hand wieder zurück.

»Ein Hund vertraut dem Menschen, der sich um ihn kümmert. Mit allem, was er hat, vertraut er sich ihm an. Und egal, was er ihm antut, er gibt ihm all seine Liebe.« Die Frau hielt ihren Blick so fest, dass Leonie nicht ausweichen konnte, selbst wenn sie es gewollt hätte. »Mir ist es egal, warum Sie beide sich getrennt haben, nicht egal ist mir, dass Sie Deleen deshalb weggeben.« Es klang so, als hätte sie am liebsten auch noch »banal« gesagt. Einen Hund aus so einem banalen Grund wie eine Trennung weggeben …

»Sie verstehen nichts.« Leonie war jetzt ganz aufgeregt, tastete in ihre Umhängetasche, da, da war der Brief. Sie trug ihn immer bei sich. Das Letzte, das ihr von Fynn geblieben war.

»Natürlich ist so eine Trennung nicht einfach.« Die Frau lenkte ein. »Aber dass keiner von Ihnen beiden bereit war, weiter für Deleen zu sorgen …«

Leonie hielt der Frau Fynns Brief direkt vors Gesicht.

»Was soll das?«

»Lesen Sie ihn, bitte. Tun Sie wenigstens das für mich.«

Der kleine Wuschel kämpfte weiter um ein Streicheln. Der Huskie resignierte, weil sein Schwanz immer schneller war als er, und verkroch sich in einer Ecke. Ein Labrador balgte mit einem Mischling herum. Die Frau nahm den Brief. Fing an zu lesen.

Tränen. Doch es waren nicht nur die Tränen der Frau, es waren Tränen, die Leonie hätte weinen wollen.

Tränen, die sie nicht weinen konnte. Vielleicht weil es die einzige Möglichkeit für eine Seele war, Selbstmord zu begehen. In ungeweinten Tränen zu ertrinken. Mensch ohne Seele. Was blieb da noch von ihm übrig?

Die Frau gab Leonie den Brief zurück. Wortlos. Mit Wimperntusche, die auf Wange und Hals zu so etwas wie zu einem Trauertattoo wurde. Leonie wandte sich ab.

»Warten Sie!« Die Frau überholte sie, stand vor ihr. »Versprechen kann ich nichts. Aber ich rede mit der Familie.«

»Danke.« Zum ersten Mal hatte Leonie das Gefühl, dass ihr Lächeln auch ihre Augen erreichte. Zumindest für den Bruchteil einer Sekunde, in der sie zum ersten Mal wieder so etwas wie Hoffnung fühlte. Wie eine Momentaufnahme. Sie kam, blieb für ein paar Sekunden, und dann war sie schon wieder verschwunden. Vielleicht war es genau dieser Augenblick, den sie heute Abend auf dem Zettel für den Adventskalender festhalten würde. *Hoffnung. Ich habe sie wieder gefühlt, wenn auch nur für einen Moment.*

»Ich habe nur noch eine Frage.« Die Frau machte noch immer keine Anstalten, sich die Wimperntusche wegzuwischen. »Sie müssen Sie nicht beantworten. Natürlich nicht. Aber in dem Brief steht, wenn Sie den Adventskalender mit besonderen Momenten gefüllt haben, wird Ihr größter Wunsch wahr werden. Vorausgesetzt, Sie erleben besondere Momente, wovon ich ausgehe, denn dafür wird Deleen schon sorgen …«

Das allerdings bezweifelte Leonie. Wie sollte Deleen sie erreichen, so eingeschlossen, wie sie war, in diesem Berg nur aus Stein. Nur der Kopf war frei, damit ihr die Welt noch weiter vorgaukeln konnte, dass sie schön war. »Was haben Sie gesagt?«

»Ich habe Sie gefragt, was Ihr größter Wunsch ist? Welcher Wunsch soll in Erfüllung gehen? Oder gehe ich damit zu weit?«

»Sie gehen zu weit, aber ich beantworte Ihnen die Frage trotzdem.« Leonie holte tief Luft. »Ich möchte Fynn noch einmal sehen. Ich möchte mich von ihm verabschieden dürfen.«

Unglauben und dann – unendliches Mitgefühl. »Ich verspreche Ihnen, Sie bekommen Ihre Deleen zurück.«

Leonie wartete. Auf einen Anruf. Auf eine Nachricht. Und sie sang dabei. Nicht allein. Sie sang mit Daniel. Therapeutisches Singen nannte sich das. Wie so vielen Stotterern machte Daniel nur das Sprechen Probleme. Beim Singen fügte sich ein Wort nahtlos an das andere. Das gab ihm Selbstbewusstsein und vor allem den Mut, weiter an sich zu arbeiten; mit Atemübungen weiter das große Ziel zu verfolgen, irgendwann flüssig sprechen zu können.

Sie sangen Weihnachtslieder. Die ersten Wochen nach Fynns Tod war es Leonie unmöglich gewesen, überhaupt Musik zu hören und schon gar keine Weihnachtslieder, die in der Adventszeit die Welt förmlich in den Klauen hielten. Sie tönten überall. In den Kaufhäusern, im Supermarkt, beim Friseur … In dieser Zeit hatte Leonie sich geweigert, auch nur einen Fuß aus ihrer Wohnung zu setzen. Dieses Jahr war es besser. So gut, dass sie mit Daniel *O Tannenbaum* oder

Kling Glöckchen klingelingeling singen konnte. Dabei gab sie den Ton an, und Daniel schmetterte ihr mit Inbrunst hinterher: »O Tannenbaum, o Tannenbaum, wie grün sind deine Blätter ...«

Und während Daniel inbrünstig vor sich hin schmetterte, fragte sich Leonie, wie man so schnell hintereinander so viele falsche Töne treffen konnte, und da wurde auf einmal ein ebenso inbrünstiges Jaulen laut. Leonie hielt den Atem an. Sie kannte dieses Jaulen. Aber so schnell? Sie hatte einen Anruf erwartet, erwartet, dass sie weiter kämpfen musste, und jetzt ... Sie riss die Tür auf. Daniels Gesang und das Jaulen brachen gleichzeitig ab.

Leonie sah nicht die Frau aus dem Tierheim. Sie sah nur Deleen, die neben ihr saß, so unschuldig, als habe sie nie auch nur einen Ton von sich gegeben. Als wisse sie überhaupt nicht, wie Jaulen geht.

»Hunde dürfen nicht ins Krankenhaus«, war das Einzige, das Leonie hervorbrachte. Deleens Schwanz ging nach oben. Ihre Augen waren voller Nachsicht. Es würde nicht der einzige Blödsinn sein, den Leonie so von sich geben würde.

»Genau das habe ich der Frau gesagt«, verteidigte Schwester Heike sich.

»Schon gut.« Leonie hielt die Tür auf. Doch nur Deleen trat hoheitsvoll ein.

»Ich muss zurück.« Die Frau sah Leonie mit einem Lächeln an. »Die anderen Tiere warten!«

»Danke!« Mehr brachte Leonie nicht heraus. »Vielen Dank!«

Die Frau ging. Daniel stürzte sich auf Deleen, begrub sie begeistert unter sich. »Bi… bi…st … d… du … süß!« Leonie wollte Deleen schon befreien, doch Deleens Blick hielt sie zurück. *Lass ihn! Wenn's ihm guttut. Ich halt das schon aus.* Wieder etwas, das Leonie über ihr neues Familienmitglied erfuhr. Deleen war eine Kinderfreundin. Vor Betrunkenen hatte sie Angst, aber Kinder durften alles bei ihr.

Auch in dieser Nacht ignorierte Deleen Leonies strenges Bettverbot und *beamte* sich neben sie. Leonie wollte sie schon aus der kuscheligen Wärme zurück auf den Boden setzen, doch irgendetwas in ihr sagte: *Laß sie! Wenn's ihr guttut … wenn es mir guttut!* Noch aber spürte sie Deleens Hundezähnchen, die während Leonies Entscheidungsfindung ihr rechtes Ohr als Pfand genommen hatten. »Okay, okay.« Und prompt wurde aus den Zähnchen eine feuchte Zunge, die Leonie zart ins Ohr küsste. Leonie schrie auf. »Hör auf, das kitzelt!« Deleen machte jedoch weiter, bis Leonie sie sanft aus dem Bett beförderte.

Ein erster unbeschwerter Moment. Leonie schrieb ihn auf. Und dass sie einem Menschen zum ersten Mal wieder so etwas wie nah gewesen war. Der Frau aus dem Tierheim. Dabei kannte sie nicht einmal ihren Namen. Sie faltete den Zettel sorgfältig zusammen und steckte ihn hinter das Türchen des vierten Advents.

5. TAG IM ADVENT

Wenn sich im Paradies eine Menschenseele und eine Hundeseele begegnen, muss sich die Menschenseele vor der Hundeseele verneigen.

Sibirisches Sprichwort

Einen Hund zu haben hat einen durchaus erwähnenswerten Nachteil. Egal, wie das Wetter ist, man muss raus. Kein wohliges Hineinkuscheln in die Federn, sondern Jogginganzug an, Halsband um und dann ab hinaus, in die Kälte.

Einen Hund zu haben hat aber auch einen durchaus erwähnenswerten Vorteil. Viel frische Luft. An diesem fünften Advent jedoch war die Luft nicht nur frisch. Sie war wie über Nacht im Tiefkühlschrank aufbewahrt worden und zu Eis gefroren. Sie prallte Leonie mit solcher Wucht entgegen, dass keine der vielen Schichten, die sie angezogen hatte, sie auch nur im Mindesten vor der Kälte schützte.

Leonie fror. Deleen tobte. Lebenslust pur. Ihr erster Winter. Eine Sensation. Sie stob durch den Schnee, sprang mit allen vieren über die Wächten, stieß ihre Schnauze hinein, rutschte aus, kugelte einmal um sich selbst, puderte sich von Kopf bis Pfoten ein und jagte den Schneeflocken hinterher, die jedes Mal wieder im Nirgendwo verschwanden.

Ist das Leben nicht schön, Leonie, ist es nicht das Beste, das es überhaupt auf dieser Welt gibt? Das Leben ist schön, Deleen? Dann warst du noch nie beim Tierarzt!

Zärtlichkeit, das war es, was Leonie in diesem Moment für die kleine Schneekugel in Schwarz empfand. Etwas, das sie schon sehr lange nicht mehr gespürt hatte. Und sie fühlte Wärme. Ganz leicht nur, aber doch von ganz oben bis ganz unten. Immerhin!

Deleen tobte weiter, fand einen rotbraunen Mischlingsfreund, verlor ihn wieder, und dann stand Leonie vor dem Waldhaus des alten Glasbläsers, der seine Vogelscheuche Rosi jeden Abend zu sich in die warme Stube holte und den Fynn und sie bei einem Spaziergang kennengelernt hatten. Es war ein Haus, fast so, als sei es aus einer anderen Zeit übrig geblieben. Einfach so, vergessen von dieser hoch technisierten Smartphonewelt. Mit seinem Schindeldach und mit viel Holz. Wetterfeste Fichte. Vermutlich selbst im Wald geschlagen. Vor wer-weiß-wie-viel-hundert-Jahren. Es strahlte diese ganz bestimmte Ruhe aus, in die man sich hineinlegen wollte wie in eine Hängematte. Sanft im Wind schaukelnd, die Sonne im Gesicht und immerwährendes Blätterrascheln im Ohr. Sich hineinwiegen in eine andere Wirklichkeit. In der Hängematte und in dem vergessenen Haus.

Bestimmt saßen der alte Mann und Vogelscheuche Rosi auch jetzt beim Frühstück zusammen, wie damals, als sie Fynn und sie zu sich eingeladen hatten. Im Ofen knisterte Holz. Der alte Mann schnitt Brot und bestrich es mit Leberwurst. Dabei erzählte er – »Weißt du noch, Rosi …?« –, und Rosi hörte aufmerksam zu. Sie hörte ihm immer zu. Nur – diesmal nicht.

Rosi stand im Gemüsegarten, und der zusätzliche Schneeballast auf ihren Schultern verstärkte noch den Eindruck, dass sie durch die Kälte irgendwie in sich zusammengerutscht war. Ihre blonde Perücke hing schief. Rosi ging es offensichtlich erbärmlich. Ganz gewiss nicht so, als sei sie noch immer Abend für Abend in der Obhut des fürsorglichen alten Mannes. Was machte sie überhaupt um diese Jahreszeit draußen? Im Winter waren Vogelscheuchen arbeitslos oder etwa nicht? Leonie fiel auf, dass kein Rauch aus dem Kamin stieg.

Sollte sie klingeln und sich erkundigen, ob alles in Ordnung war? Wozu? Was ging sie das Schicksal einer alten Vogelscheuche an?

Sie stapfte weiter. Deleen aber blieb abrupt stehen. Wieder ein Geräusch, aber kein Schuss, der ihr zu Beginn ihres Waldspaziergangs Angst gemacht hatte. Große Augen. Schwanz bitte einmal auf Tiefmast und dann immer dicht in geduckter Haltung über den Boden robben, als sei sie mitten in einen Bandenkrieg in der Bronx geraten, nichts als zurück zum Parkplatz, um dort nicht hinter, sondern in einem Auto Schutz zu suchen. Am besten gleich ans Steuer, Pfoten aufs Lenkrad, mit dem Schwanz die Gänge bedienen. Nur für Gas, Bremse und Kupplung hatte Deleen noch keine Lösung. Die aber würde sich bestimmt auch noch finden.

Die Schüsse waren allerdings nicht von irgendwelchen Banditen gekommen. Nein, sie waren nur in der Nähe des Schießstands der Polizei gelandet.

»Komm, Deleen, dir passiert nichts.« Leonie flötete, lockte, versuchte Deleen zu beruhigen, doch Hündchen presste sich nur noch enger an die Autotür: *O Herr im Himmel, gib Leonie Gesundheit, Freude an der Natur, damit sie mit mir recht oft über die Felder wandert, aber jetzt, verdammt noch mal, mach, dass sie endlich die verdammte Wagentür öffnet!*

Weder der Herr noch Leonie erhörten Deleens Gebet. Leonie, weil sie keinen Autoschlüssel hatte, und der *Herr*? Er konnte Wunder wirken, wenn es allerdings um die heutige Technik ging, war er vielleicht doch nicht ganz so allmächtig.

Leonie blieb nichts anderes übrig, als Deleen an die Leine zu nehmen. Dieser strafende Blick. *Verräterin! Wirst schon sehen, was du davon hast, wenn wir beide blutüberströmt auf dem Boden liegen.* Ein Gezerre. Wie viel Kraft ein Hund entwickeln konnte, der gerade mal neun Kilo wog und nicht an die Leine wollte. Deleen leistete Widerstand. Mit allem, was sie hatte. Sie rammte die Pfoten in den Schnee, ihr kleiner Körper war auf einmal schwer wie ein Sack Zement. Leonie wollte dem Ganzen kurzerhand ein Ende bereiten und Hündchen auf den Arm nehmen, da geschah etwas, das Leonie nicht erwartet hatte. Das Wunder!

Ein anderer Wagen hielt. Der Fahrer stieg aus und

begrüßte Leonie. »Was für ein herrlicher Morgen!« Leonie grüßte mit einem knappen »Ja« zurück. Und der Mann ließ seine beiden Hunde heraus. Einen in die Jahre gekommenen Border Collie und einen putzmunteren kleinen Mischling.

Es knallte. Die beiden Hunde störte das nicht und Deleen? Sie reagierte, wie Leonie es nicht mehr für möglich gehalten hätte. Deleen tat total locker. Wedelte mit dem Schwanz, scherzte mit den beiden Hunden, spielte sich geradezu todesmutig auf. Doch kaum waren die beiden Hunde mit ihrem Besitzer um die Ecke verschwunden, Deckung, über den Boden robben, vor der Wagentür haltmachen: *O Herr im Himmel, hilf!*

Leonie war nichts anderes übrig geblieben, als Deleen zu tragen, vorbei an dem Border Collie und dem kleinen Mischling, was Deleen extrem unangenehm, um nicht zu sagen peinlich war, bis zu der Stelle, an der man das Schießen kaum noch hörte.

Was Deleen jedoch nur einige Meter hinter dem Haus des Glasbläsers zum Stehenbleiben brachte, war ein ganz anderes Geräusch. Gleichmäßiges Traben. Kein Pferd, sondern Menschen, und nicht einfach nur Menschen, ein ganzes Fußballteam kam herangetrabt. Offenbar die Jugendmannschaft eines Vereins. Jedenfalls waren es sportliche knackige Jungs, die Deleens Hundeweibchenherz höher schlagen ließen. Sie blieb nicht nur wie angewurzelt stehen. Sie lächelte. Ja, auch das erfuhr Leonie an ihrem ersten gemeinsamen Gassigeh-Morgen. Deleen war nicht schussfest, trotzdem eitel, und – sie konnte lächeln. Deleen war ein lächelnder Hund.

Wie süß sie jetzt aussah mit dem Schnee, der sich allmählich in ihrem schwarzen Fell festfror, dem interessierten Himmelfahrtsschnäuzchen, mit dem sie den jungen Männern entgegenschnupperte. Denn auch die Fußballer waren stehen geblieben. Ihr Atem blies die Rauchfahnen in die Luft, die Leonie auf dem Dach des Glasbläserhauses vermisst hatte.

»Puls fühlen!« Der Trainer gab weiter den Ton an. Er sah gut aus! Leonie verbot sich den Gedanken sofort wieder, wollte weitergehen, machte aber auch diesen Plan ohne Deleen.

Sie setzte sich tatsächlich vor den Trainer, streckte ihm die Pfote entgegen, an der Eisballen wie Trauben hingen: *Auch bei mir einmal Puls fühlen bitte!*

»Jetzt nicht, Kleine.« Der Trainer lächelte. Ein sympathisches Lächeln. »Ich muss mich um meine Jungs kümmern.«

Doch Leonie ahnte es schon: Hatte Deleen sich etwas in ihr schwarzes Köpfchen gesetzt, gab sie nicht auf. Sie stupste den Trainer an. »He, du bringst mein ganzes Trainingsprogramm durcheinander.«

»Entschuldigen Sie.« Leonie zückte die Leine.

»Schon gut!« Der Trainer wandte sich an die Jungs. »Lauft schon mal weiter. Ich hab noch zu tun.« Er fühlte Deleen tatsächlich den Puls, und dann machte er sich daran, ihre Pfoten behutsam von dem Eisballen zu befreien. »So kannst du wirklich nicht laufen, Kleine.«

»Deleen! Sie heißt Deleen.«

Der Trainer stand auf, lächelte Leonie an und joggte hinter seinen Jungs her.

Lachende Arztpraxis, lächelnder Hund und jetzt auch noch dieses Lächeln. Sie wollte es nicht, aber es setzte sich in ihr fest. Unter der Haut, ein bisschen rechts vom Herzen, ganz in der Nähe der Quelle, aus der sich sowohl Tränen als auch das Lachen speisen. Leonie wollte es vertreiben, das Lächeln, sie wollte keine lachende Arztpraxis, keinen lächelnden Hund, überhaupt kein Lächeln in einer Welt ohne Fynn, vor allem aber wollte sie nicht dieses Lächeln. Von diesem sportlichen, gutaussehenden, sympathischen Mann, der noch dazu Hunde zu lieben schien. Aber das Lächeln war hartnäckig. Es blieb. War noch da, als Leonie nach einem Tag mit viel Arbeit zurück nach Hause kam und von Deleen begrüßt wurde, als habe Leonie sie nicht den halben Tag dem Alleinsein und der damit verbundenen Einsamkeit überlassen. Es blieb in dem Geschäft für Tiernahrung, in dem Leonie ihr schlechtes Gewissen zu beruhigen versuchte. »Deleen, such dir jetzt schön ein paar Leckerlis aus!« Sie hatte es noch nicht ganz ausgesprochen, da hatte es sich Deleen schon in einem Regal auf den langen Stangen von Ochsenziemern gemütlich gemacht und verbellte die anderen Hunde: *Haut ab! Alle meins!*

Das Lächeln war da, als Leonie und Deleen am Abend noch einmal am Waldhaus vorbeikamen und Rosi noch immer draußen war, im Schatten des Mondes noch erbärmlicher wirkend, als im Licht der Morgensonne. Und es war da, als Leonie einschlief, mit einer feuchten Hundeschnauze in ihrer Halsgrube.

Und der Zettel für den Adventskalender? Darauf stand nur – ☺ Das von Leonie jedoch sofort wieder durchgestrichen worden war!

6./7. TAG IM ADVENT

Wenn ein Hund nur darf, wenn er soll,
aber nie kann, wenn er will, dann
mag er auch nicht, wenn er muss.
Wenn er aber darf, wenn er will,
dann mag er auch, wenn er soll,
und dann kann er auch, wenn er muss.
Denn: Hunde, die können sollen,
müssen auch wollen dürfen!
Unbekannt

Vogelscheuche Rosi stand auch am nächsten Morgen im Gemüsegarten des alten Glasbläsers, am nächsten Abend und am Morgen darauf. Diesmal konnte es Leonie nicht mehr verhindern. Deleen pinkelte die arme Rosi an, während sich die geschlossenen Fensterläden weiterhin abweisend zeigten und die Haustür sich wieder nicht einladend öffnete. Kein Rauch aus dem Kamin zog in den Himmel, der noch vorsichtig in das frühe Blau hineinblinzelte, das einen wundervollen Tag versprach. Länger konnte Leonie ihre Sorge um Anton nicht zurückdrängen. Sie musste wissen, was aus ihm geworden war, dem Herrscher über das Reich aus Glas.

Antons Werkstatt. Glaswunderwelt! Die Holzregale vollgestopft mit Keramikformen.

»Die meisten von ihnen sind über hundert Jahre alt«, hatte ihnen Anton stolz erklärt.

Es gab Formen für Kugeln, Glöcklein, Engel, Herzen – und was auch immer man sich vorstellen konnte. Am schönsten aber waren die Weihnachtskugeln aus Glas. Kunstvoll geblasen und liebevoll bemalt, hingen sie von der Decke, und für einen Augenblick stellte sich Leonie die eintausendreihundert Grad heiße Flamme vor, in der Anton den Rohling ganz langsam drehte und die sich in den Weihnachtskugeln spiegelte.

»Es gibt nichts, das man nicht aus Glas machen kann«, war Anton fortgefahren. Dabei hatte in seinen Augen eine ähnliche Flamme geflackert, wie sie in der Glashütte selbst schon so lange erloschen war. Jetzt stand der Schmelzofen, der seit 1872 nie erkaltet war, kalt herum und sah aus, als wisse er nichts mehr mit sich anzufangen. »Keine Kinder, keine Enkel!« Auch in Antons Augen erlosch die Flamme wieder.

Keine farbenfrohen Glasschalen mehr, gebettet in das Bunt seiner Fallobstwiese. Keine Glaskunst mehr, die über dem Bach schwebte, der durch seinen Garten lief. Kalter Glasofen, erloschene Augen, Vogelscheuche Rosi – das, was von einer glücklichen Zeit übrig bleibt. Und – Einsamkeit. Diese verdammte Einsamkeit!

An diesem Abend rief Leonie ihre Eltern an.

Sie erzählte von Deleen. »Ihr könnt euch gar nicht vorstellen, wie erhaben sie wirken kann, wenn sie auf einem Hügel, nein, nicht sitzt, sie thront. Der Wind im langen Fell und das jahrtausendalte Wissen der Tibeter in ihrem kleinen schwarzen Köpfchen. Dann wieder suhlt sie sich wie ein Schweinchen in dem einzigen Schlammloch weit und breit. Was sie aber genau weiß, ist, wo sie jedes Stöckchen verbuddelt hat, und wehe, es ist nicht mehr da, weil ein anderer Hund ebenso schlau ist wie sie.«

Zum ersten Mal hörte Leonie sich nicht mehr so monoton an wie jemand, der nach einem Schädel-Hirn-Trauma das Sprechen und vor allem die unterschiedlichen Unter- und Nebentöne der Stimme wieder erlernen musste. Ihre Stimme hatte ihre Farbe zurückbekommen. Vor allem, wenn sie über Deleen sprach.

»Ich bin so froh, dass es dir besser geht.« Auch in der Stimme der Mutter war der Unterton des Glücks nicht zu überhören.

»Tut es nicht!« Leonies Antwort kam prompt. Sie wollte nicht, dass es ihr besser ging, denn sobald es ihr besser ging, verlor sie Fynn. Man konnte nicht gleichzeitig traurig sein und sich freuen, davon zumindest war sie überzeugt. Bis sich ihr Deleens weiche Schnauze in die Hand legte. Der Beginn einer neuen Zeit. Noch wollte Leonie sie aufhalten, sie stoppen, im Jetzt verharren, doch die Zeit hat nun einmal eine ganz besondere Eigenschaft. Sie bleibt nie stehen. Sie geht immer weiter. Wie das Leben.

»Weißt du, was das Leben am besten kann?«, hatte Fynn einmal zu ihr gesagt.

»Was?«

»Es geht einfach weiter!«

Sie träumte. Fynn lächelte, winkte und – ging auf den Nebel zu, der hinter ihm aufstieg. Doch es war kein Nebel. Es war der Rauch aus dem Haus des alten Glasbläsers.

»Nebel ist der Rauch, der aus der Hölle kommt, wo das Böse verbrannt wird«, hatte Fynn hin und wieder gescherzt. Ihr war es bei der Vorstellung jedoch kalt den Rücken heruntergelaufen.

»Aber der Nebel steigt auf!«

»Weil er das Gute auf Erden einsammelt und in den Himmel mitnimmt.«

Fynn war gut gewesen, ein wirklich guter Mensch, und jetzt wollte ihn der Nebel einfach mitnehmen. Ohne Grund. Das durfte sie nicht zulassen. Niemals. Sie hielt Fynn fest. Umklammerte ihn. Und …

… wurde von einem Japsen und Röcheln geweckt. Deleen. Leonie hatte das Hündchen im Schlaf so fest an sich gedrückt, dass es kaum noch Luft bekam.

Sie hatte vergessen, den Zettel für den Adventskalender zu schreiben – schon den zweiten Tag. Sie überlegte und schrieb: *Mich zum ersten Mal wieder für einen anderen interessiert.* Sie faltete den Zettel sorgsam zusammen, legte ihn hinter das Türchen des sechsten Adventstages. Und für den siebten Adventstag? Sie notierte: *Nie den Ofen erkalten lassen.* Sie wusste nicht, weshalb sie sich diese Worte aussuchte.

Sie tat es einfach. Instinktiv.

So wie sie jetzt instinktiv das Telefon nahm und begann, alle Krankenhäuser anzurufen, ob bei ihnen ein Anton Leitner lag, Glasbläser von Beruf. Sie gab sich als Nichte aus und – es war der vierte Anruf – bekam auch eine Antwort.

8. TAG IM ADVENT

In den Augen meines Hundes liegt
mein ganzes Glück, all mein Inneres, Krankes,
Wundes heilt in seinem Blick.
Friederike Kempner

Ab einem bestimmten Alter sind alle Menschen gleich.

Die Seele ist das, was vom Körper übrig bleibt.

Und hier wird auch noch der Rest vernichtet.

Das zumindest waren Leonies Gedanken, als sie im Pflegeheim »Abendsonne« stand. Deleen hatte sie im kuschlig warmen Auto zurückgelassen. »Bin gleich wieder da, Kleine. Nur ein bisschen warten!«

Nur ein bisschen warten? Augenblicklich nahm Deleen Haltung an. Warten kam ja überhaupt nicht in Frage. Dabei sein, das ist es, was das Hundeherz will. Keine Sekunde versäumen. Denn da draußen wartete das Abenteuer an jeder Ecke.

Der Schwanz ganz oben. Unter dem schwarzen Pony aus Vorfreude funkelnde Augen. *Nimm mich mit, Leonie! Biiiiitte!* Ein flüchtiges Streicheln, *du kannst doch nicht so herzlos sein,* doch die Wagentür fiel vor Deleens flehendem Schnäuzchen zu, gnadenlos, und mit dem endgültigen Begreifen, dass sie Leonie wirklich nicht begleiten durfte, senkte sich auch der Schwanz ganz langsam wieder. Leonie war grausam. Leonie ließ Hündchen allein. Nahm es nicht mit ins Leben. Ließ es verhungern, verdursten und im Auto erfrieren. Dass Leonie den Wagen extra aufgeheizt hatte, wurde ignoriert. Stattdessen spürte Leonie Deleens tiefe Empörung und Fassungslosigkeit sogar noch wie Nadelstiche im Rücken, als sie das Haus der »Abendsonne« betrat.

Als Kind hatte sie sich manchmal vorgestellt, wie es wäre, die Sonne zu besuchen. Gast zu sein in ihrer Wärme, umgeben von Licht. Dann wieder hatte sie sich gefragt, was sein würde, wenn die Sonne irgendwann alt und müde wurde und nicht mehr die Kraft hatte, sich am Himmel festzuhalten. Sie würde auf den Boden fallen, zerbrechen, ihr Licht würde erlöschen, und sie würde erkalten, ohne dieses Licht. Leonie hatte zu weinen begonnen, ihre Mutter hatte sie ganz fest in den Arm genommen und getröstet. »Die Sonne ist stark, Leonie, sie lässt uns nicht im Stich. Auf die Sonne kannst du dich immer verlassen.«

»Aber irgendwann muss sie doch schlafen.«

»Dann kommen die Wolken, tragen sie und decken sie zu.«

»Das ist, wenn der Himmel grau ist und es regnet.«

Die Mutter hatte genickt, und Leonie hatte sich nie wieder über den Regen beklagt. Und sogar noch heute empfand sie schlechtes Wetter als wichtige Erholungsphase für die Sonne, die sie dringend brauchte, um nicht irgendwann doch noch aus Müdigkeit vom Himmel zu fallen oder einfach nur, weil sie alt geworden war.

Im Haus der »Abendsonne« jedoch war es passiert. Die Sonne lag erloschen und kalt auf dem Boden. *Adventsfeeling?* Adventsalibi, dachte Leonie, und das noch im Sonderangebot. Selbst der Weihnachtsbaum in der Eingangshalle wirkte so, als habe niemand Zeit gehabt, sich ihm mit Liebe zu widmen. Und sah man noch genauer hin, war es, als senke er jetzt schon ein wenig die Äste so wie Deleen ihren Schwanz. Auch die restliche Dekoration, hier und da verteilt, verriet: Im Haus der »Abendsonne« war Weihnachten nichts weiter als lästiges Pflichtprogramm.

»Ich suche einen Herrn Anton Leitner.«

Die Pflegeschwester, die an Leonie vorbeihetzen wollte, blieb zwar stehen, aber der Rest von ihr hetzte weiter. Die Augen, das Lächeln, die Stimme. »Die Männerstation ist im dritten Stock.« Weg war sie.

Die Aufzugtür schloss sich hinter Leonie. Ein Zettel wies auf den Angehörigenbeirat hin und dessen Vorsitzende Elisabeth Kleinschmidt. Leonie las nicht wirklich interessiert, an welchem Tag sich der Beirat traf, die Aufzugtür öffnete sich wieder, und sie war im dritten Stock auf der vierten Station.

Eine Mischung aus dem Geruch von Bohnerwachs, Urin und frischem Kaffee machte den Eindruck nicht besser, den sie von dem Pflegeheim hatte. Jemand schrie unentwegt. »Hilfe! Hilfe!« Niemand kümmerte sich darum.

Leonie fragte erneut nach Anton. Hier kannte man ihn, und gleichzeitig wurde sie beruhigt. »Der da schreit, schreit immer um Hilfe, den ganzen Tag, Alzheimer.«

Alzheimer, während draußen vor dem großen Fenster im Flur allmählich die Lichter angingen.

Sekunden später stand Leonie in einem Zweibettzimmer vor einem anderen uralten Wesen. Nicht mehr erkennbar, ob weiblich oder männlich. Irgendetwas dazwischen und verschrumpelt wie Obst, das zu lange in der Sonne gelegen hatte. Nur in diesem Zimmer war auch keine Sonne, nur vielleicht ein zu langes Leben im Schatten. Dazu das Foto einer glücklichen Familie auf dem Nachttisch, ein gerahmter Druck von Van Goghs Sämann an der Wand gegenüber und ein kleiner Plastikweihnachtsbaum auf der Kommode. Der Rest, der vom Leben übrig bleibt. Nicht die Spur von Antons zauberhaft bunter Glaswunderwelt! Nichts von all dem, was ihn einmal ausgemacht hatte. Und Rosi stand im Gemüsegarten und erfror.

Das Wesen allerdings war nicht Anton. Anton saß im Gemeinschaftszimmer. Besinnliche Adventszeit. Zeit des Mit- und Füreinander? Auch hier nur Weihnachtsschmuck nach dem Zufallsprinzip verteilt. Der Fernseher war in einer Höhe angebracht, die für die männliche Rolligang unerreichbar war. Es lief *Shopping Queen*. Keiner der alten Männer sah hin.

Sie saßen um einen großen Tisch in der Mitte des durchaus gemütlichen Raumes. Ein Bücherregal, ein paar Topfpflanzen, ein Sofa. Zwei Heiminsassen konnten allein essen, einer wurde von einer Pflegerin gefüttert, die immer auf den Fernseher starrte und den Löffel am Mund des alten Mannes vorbeiführte, gerade dann, wenn er danach schnappen wollte. Die Spätzle mit Soße rutschten vom Löffel, bekleckerten den alten Mann. Die Pflegerin schimpfte, weil er nicht aufpassen konnte, und zog den bekleckerten Latz noch enger um seinen Hals. Leonie war nahe daran, ihr die Meinung zu sagen, tat es jedoch nicht. Sie trat auf Anton zu, der ebenfalls in einem Rollstuhl saß, aber allein aß.

»Herr Leitner.« Er hob den Kopf, sah sie an, senkte den Kopf wieder, blickte stur geradeaus und schlürfte die Suppe weiter in sich hinein. Er wirkte kleiner, als sie ihn in Erinnerung hatte, und schmaler. »Leonie«, sie reichte ihm die Hand, »Sie haben mich und meinen Mann einmal zum Abendessen eingeladen und uns Ihre Werkstatt gezeigt, erinnern Sie sich noch?«

Sturer Blick. Ihre Hand blieb in der Luft hängen, wie von ihr bestellt und von ihm nicht abgeholt. Leonie warf der Pflegerin einen fragenden Blick zu. Demenz? Schlaganfall?

»Oberschenkelhalsbruch. Er ist bei klarem Verstand, nicht wahr, Herr Leitner? Wenn Sie wollen, dann können Sie, Sie wollen nur nicht.«

Wenn Blicke Löcher in den Boden graben könnten, wäre die Pflegerin samt Anton Leitner in mindestens einem von ihnen verschwunden.

»Ist das normal? Kommt man wegen eines Oberschenkelhalsbruchs wirklich ins Pflegeheim?«

»Wenn es niemanden gibt, der einen versorgt.«

»Und wann kann er wieder zurück nach Hause?«

»Sobald es jemanden gibt, der ihn versorgt!«

Leonie wandte sich Anton Leitner erneut zu. Er war rasiert, gekämmt, trug einen sauberen Jogginganzug, wirkte gepflegter als damals bei ihrem Besuch, und dennoch ... er verging ... das war, was Leonie noch zu ihm einfiel. »Die wunderschöne Weihnachtskugel, die Sie mir geschenkt haben, erinnern Sie sich nicht mehr? Ich hab sie heute noch, und Rosi ...«

Keine Reaktion. Nicht einmal auf Rosi. Ein Model lief im Fernsehen über den Laufsteg. Leonie wandte sich wieder an die Pflegerin, die das Füttern aufgab, obwohl der Teller noch fast voll war. »Ja, dann.« Sie zögerte. »Geh ich halt wieder.«

Die Pflegerin nickte und begann das Geschirr abzuräumen.

Leonie hätte nicht zu beschreiben vermocht, mit welchem Gefühl sie das Pflegeheim verließ. Es war wie einer dieser Tage, an dem man sich am Morgen sehr viel vornahm und am Abend einsehen musste, dass man nichts zustande gebracht hatte. Leer. Nein, sie fühlte sich nicht leer. Sie war wütend. Überrascht blieb sie stehen. Sie war nicht nur wütend. Sie hätte alles um sich herum zertrümmern können. Aber warum? Nur, weil Anton Leitner sich nicht helfen lassen wollte? Sollte er doch verkümmern, in seinem Leid – was ging das sie an?

Wütend öffnete sie die Wagentür.

Wütend setzte sie sich hinter das Steuer.

Wütend wollte sie schon die Tür zuschlagen, doch da schoss etwas Schwarzes von hinten direkt an ihr vorbei, sprang auf die Straße.

»Deleen, spinnst du!« Leonie stieg aus, so schnell sie konnte. Angst. Reifen quietschten. »Deleen, kommst du? Komm sofort her!«

Deleen dachte gar nicht daran. Detektivin *Jamie Bond* nahm Tempo und Spur auf. Immer voran direkt auf das Haus »Abendsonne« zu, in dem Hundemama Leonie verschwunden war, ohne sich auch nur im Geringsten darum zu kümmern, was aus Hündchen Deleen wurde. Leonie lief hinterher.

Deleen war schneller, wischte durch die Eingangstür, durch die gerade ein Besucher das Pflegeheim verließ. Raste, so schnell die vier Pfoten sie tragen konnten, die Treppe hinauf. Erster Stock. Zweiter Stock. Sie hatte Glück, gerade als sie den dritten Stock erreichte, kam wieder jemand durch die Glastür. Deleen wischte hinein. Leonie wischte hinterher und stand genau dort, wohin sie nicht mehr hatte zurückkehren wollen: im Gemeinschaftsraum der Männer.

»Tut mir leid.« Leonie wandte sich an die Pflegerin. »Wir sind gleich wieder weg.«

»Kein Problem«, antwortete die Pflegerin. »Hunde sind willkommen. Wir haben öfter Therapiehunde da.« Sie schob den Geschirrwagen aus dem Raum. Leonie blieb mit Deleen zurück, und jetzt sah sie es – das Lächeln. Nicht nur auf einem Gesicht. Es war, als habe sich die Abendsonne, vielleicht noch etwas mühsam, aber immerhin, vom Boden aufgerappelt und über die Gesichter der alten grauen Männer gelegt. Deleen brachte die alten grauen Gesichter zum Leuchten. Brav wie eine Musterschülerin saß sie inmitten der Rolligang, Vorderpfote an Vorderpfote, die alten

Hände erduldend, die nach ihr tasteten, sich nach ihr sehnten, Deleen ganz behutsam streichelten.

Nur Anton Leitner hielt sich noch immer zurück. Leonie setzte sich neben ihn. »Ich habe Rosi gesehen.«

In Anton Leitners Augen flackerte es nun doch auf. »Wie geht es ihr?« Voller Sorge sah er sie an.

»Nun ja …« Leonie überlegte, was sie sagen sollte, aber Anton Leitner beantwortete die Frage selbst.

»Wir verrotten, sie und ich.« Er hatte noch nicht ganz ausgesprochen, da schob sich etwas Feuchtes zwischen Anton und Leonie. Deleens Zunge. Zart, ganz zart begann sie zu schlecken, ließ nicht einen Millimeter von Antons Hand aus. Hatte Leonie geglaubt, Anton würde zurückzucken und Deleen beschimpfen, so hatte sie sich getäuscht. Er ließ es sich gefallen, und in diesem Moment begriff Leonie, was sie so wütend gemacht hatte.

Nicht auf Anton Leitner war sie wütend gewesen. Sie war über den Spiegel wütend gewesen, den er ihr vorgehalten und der sie gezwungen hatte, sich selbst anzusehen. Sie war wie er. Auch sie schlug jede Hand aus, die sich ihr zu nähern versuchte. Auch sie stieß die Menschen fort, die ihr helfen wollten, tat ihnen weh.

Die Einladung ihrer Eltern, Weihnachten nach Hause zu kommen, hatte sie ausgeschlagen. Aber vielleicht würde sie sie danach besuchen … vielleicht. Und für Anton Leitner würde sie gleich morgen früh – zum Glück war Samstag, und sie musste nicht arbeiten –, ja, gleich morgen früh wollte sie etwas für ihn tun.

An diesem Tag schrieb Leonie einen kleinen Brief: *Heute habe ich begriffen, dass es nicht nur eine Welt gibt, in der wir leben. Es gibt viele Welten, die alle gleichzeitig da sind. Und wie in einem Spiel bestimmt der Würfel, in welche Welt wir bugsiert werden. In die Welt der vorweihnachtlichen Freude, der Liebe, der Hoffnung, der Trauer – oder in das Niemandsland der Vergessenheit, in dem wir nur noch um Hilfe schreien. Vielleicht ist es aber auch kein Würfel, der uns in die eine oder andere Welt schickt, vielleicht ist es doch das Schicksal, oder sind es einfach nur – wir selbst?*

Sie faltete den Zettel sorgfältig zusammen und steckte ihn hinter das Türchen des achten Tags im Advent.

9. TAG IM ADVENT

Es gibt nur eins, was besser ist
als ein Hund – zwei Hunde.
Unbekannt

»Bin gleich wieder da, Dilli, okay? Bissi warten!«

Schwindlerin, du bist nie gleich wieder da, wenn du sagst, du bist gleich wieder da. Ich vereinsaaaaaame!

»Jetzt guck nicht so.«

Ich guck gleich noch mehr. Das Herz soll dir brechen. Und wenn ich den Kopf jetzt noch ein bisschen mehr nach rechts neige und ein ganz kleines bisschen schiefe Schnauze mache, dann kannst du mir bestimmt nicht widerstehen.

»Bist du süß, Dilli, aber das Einkaufszentrum ist nichts für dich.«

Einkaufszentrum! Leckerliiiiiii!

»Ich besorg nur ein neues Kleid für Rosi und eine Perücke.«

Rooosie??? Das Monstrum aus dem Gemüsegarten, das jetzt im Flur herumliegt? Ich pinkle die gleich …

»Du pinkelst sie nicht an, Deleen. Wir bringen sie nachher zu Anton Leitner, damit er nicht mehr so allein ist.«

Na bravo, um alle kümmerst du dich, nur nicht um mich! Dabei … ich krieg keine Luft mehr, siehst du, wie ich röchle, Hilfe, ich kipp gleich um … Hiiiiiilfe!

»Du Showgirl! Der Tierarzt sagt, du erstickst nicht, wenn du so schnaufst, alles Theater!«

Tod allen Verrätern!

Doch Leonie hatte kein Herz für flehende kleine Hunde. Sie hatte überhaupt kein Herz.

Sie zog die Tür einfach hinter sich zu.

Der Klang nach der Stille.

Fynn hatte ihr einmal erzählt, dass der Mensch, nach östlicher Vorstellung aus Klang entstanden, Klang und Schwingung ist. Klang, Musik der Seele, Klang, der das Urvertrauen anspricht. Aber in Leonie war nichts mehr, kein Klang, keine Seelenmusik, kein Urvertrauen, in Leonie war es totenstill, bis sie diese Stimme hörte.

Sie erreichte Leonie in dem Augenblick, in dem sie das Einkaufszentrum betrat. Es war laut. Hektisch. Die ganze Geräuschpalette, die ein Einkaufszentrum in der Vorweihnachtszeit zu bieten hatte. Aber an diesem Tag war da eben diese Stimme, wie aus einer anderen Dimension. Noch weit, weit weg breitete sie sich aus wie ein Adler seine Schwingen, stieg empor, erreichte die gläserne Kuppel der Kaufhalle, schwang sich wieder zurück und landete genau an der Stelle, ein kleines bisschen rechts von Leonies Herzen. Dort, wo auch die Quelle ist, aus der sich die Tränen und das Lachen speisen. Die Stelle, in der sich schon etwas anderes eingenistet hatte. Das Lächeln des Fußballtrainers, das Leonie nicht in sich haben, das sie hinauswerfen wollte, aus ihrem Kopf und ihrem Gefühl, und das dennoch nicht fortging. Und jetzt wurde es noch verstärkt, dieses innere Lächeln. Durch den Sopran, der eine Arie aus Leonies und Fynns Lieblingsoper *La Boheme* sang. *Mi chiamano Mimi*.

Nun hätte Leonie auf dem Absatz umkehren und das Kaufhaus wieder verlassen können. Weil alles in ihr wehtat. Aber da war Anton Leitner. Verloren. Alt geworden. Einsam. Wie sie. Zumindest für ihn konnte sie etwas tun. Ihm Rosi bringen, neu eingekleidet, mit schöner sauberer Perücke. Wenn schon niemand anderer ihn erreichte, seine Vogelscheuche würde es tun. Davon war Leonie überzeugt. Sie würden wieder gemeinsam am Tisch sitzen. Anton Leitner würde sein Streichwurstbrot essen und erzählen, und Rosi würde ihm zuhören. Natürlich würde Rosi seine Situation nicht wirklich verändern. Sie konnte ihn nicht pflegen. Dazu waren Vogelscheuchen nun einmal nicht in der Lage. Aber vielleicht würde sie, zumindest für ihn, ein wenig von der Sonne mitbringen, die im Haus der »Abendsonne« so selten schien.

Mi chiamano Mimi verklang, eine andere Arie folgte. Leonie kannte sie nicht und machte sich auf die Suche nach der Sopranistin, die sie so beeindruckte. Sie fand sie in dem für Kaufhäuser so typischen Café. Hässliche Stühle. Hässliche Tische. Fast schon hätte sie gedacht. Kahlschlagatmosphäre, aber voll von

Menschen. In der Mitte ein Klavier und ein Pianist in einem Anzug, der aussah, wie frisch aus dem Sack der Kleidersammlung gezogen. Der Klavierspieler war irgendwie grau und sein Spiel routiniert, die junge Frau, die neben ihm stand, jedoch …

… also falls die Tibeter, Chinesen und Fynn recht hatten und der Mensch tatsächlich aus Klang entstanden war, so war ihr Sopran wie der Bogen einer kostbaren Violine. Sie selbst war nicht besonders hübsch, eher die graue Maus von nebenan, in schwarzen Jeans und weißer Bluse. Aber durch ihre Stimme wurde auch im eigenen Körper alles reich an Tönen, der Körper selbst wurde zu Musik.

So zumindest empfand es Leonie. Die anderen Besucher des Cafés jedoch schienen ganz anders zu empfinden. Sie ignorierten die Sängerin und unterhielten sich weiter.

Ein junger Mann rief: »Kann man dich irgendwo abstellen?«

Ein anderer ergänzte: »Ich mach mich bei dir gern auf die Suche nach dem Knopf.«

Lachen. Die junge Frau sang unentwegt weiter. Leonie aber sah, dass etwas in ihren Augenwinkeln glänzte. Tapfer hielt sie die Tränen zurück. War in diesem Moment nicht nur Stimme, war auch Mensch. Leonie klatschte Beifall. Einige wenige klatschten mit.

Die junge Frau verneigte sich. Zog sich zurück. Das heißt, es schien, als sei sie froh, dass sie für ein paar Minuten wegkam von der Bühne, die sie bestimmt nicht freiwillig gewählt hatte. Leonie trank ihren Latte macchiato aus, versprach sich, wiederzukommen, kaufte ein hübsches Winterkleid für Rosi und eine blonde Perücke, sperrte wenig später die Wohnungstür auf und stand vor Deleen, die noch genau so dasaß, wie Leonie sie verlassen hatte. Allerdings war da eine Kuhle in dem Kissen auf der Couch, auf die sich Deleen eigentlich nicht legen durfte und die ihren Unschuldsblick nun doch ein wenig Lügen strafte. Leonie fühlte mit der Hand nach. Die Stelle war warm.

Unschuldiger Hundeblick, und dann entdeckte Leonie auch noch den gelblichen Fleck neben Rosi. Deleens Blick wurde trotzig: *Kann ich was dafür, wenn Vogelscheuchen nicht nach draußen gehen und – wie es sich gehört – den nächsten Baum anpinkeln?*

Leonie sagte nichts, wischte auf, zog Rosi das neue Kleid an, setzte ihr die neue Perücke auf, Deleen bekam ihr rotes Halsband mit den goldenen Hundepfoten drauf, ein Leckerli, damit sie nicht eifersüchtig wurde. Alle drei waren sie nun ausgehfein und machten sich auf den Weg zu Anton.

Es war ein recht ungewöhnlicher Anblick, den die Dreiuneinigkeit wenig später im Haus der »Abendsonne« bot. Deleen zerrte an der Leine, und Leonie konnte Rosi kaum noch tragen. So eine Vogelscheuche war, wenn man nur einen Arm frei hatte, verdammt schwer.

»Wen bringen Sie uns denn da?« Eine Schwester stellte sich Leonie mit einer Schachtel voller Zahnprothesen in den Weg.

Leonie stellte vor: »Deleen kennen Sie ja schon. Das hier ist Rosi.«

»Rosi?« Verblüfft sah die Schwester Leonie an. »Das ist eine Vogelscheuche? Ich hab gedacht, Rosi ist Anton Leitners Frau.«

Deleen sah Leonie mit einem Blick an, als wolle sie sagen: *Antons Frau würde wohl kaum im verschneiten Gemüsegarten herumstehen, im Frühling die Vögel vergraulen und sich von mir anpinkeln lassen.*

Leonie lenkte rasch ab, ehe die Schwester auf die Idee kam, dass Anton Leitner nicht nur einen Oberschenkelhalsbruch hatte, sondern auch nicht mehr ganz bei sich war. Da sie beide Hände voll hatte, bewegte sie nur das Kinn in Richtung Zahnprothesenschachtel. »Werfen Sie die alle weg?«

»Natürlich nicht.« Die Schwester sah Leonie an, als habe sie vorgeschlagen, in einer Hungersnot noch gute Lebensmittel zu vernichten. »Die Prothese von Herrn Leitner ist heute Morgen zerbrochen«, fuhr die Schwester fort. »Jetzt schauen wir mal, ob eine von den anderen passt. Dann kann er auch wieder ordentlich essen.«

»Sie wollen ihm Prothesen von anderen Leuten in den Mund stecken?«

»Man muss praktisch denken.«

Leonie schluckte und sah dann der Schwester fest in die Augen. »Herr Leitner braucht Ihre Zahnprothesen nicht. Er bekommt seine eigene.«

»Wir haben keine Zeit, ihn auch noch zum Zahnarzt zu fahren.«

»Keine Sorge, das übernehme ich.«

»Okay, wenn Sie wollen, kein Problem.« Die Schwester nickte, machte mit ihrer Zahnprothesenschachtel kehrt, und Rosi und Deleen sahen Leonie anerkennend an. Leonie aber hätte der Schwester am liebsten hinterhergebrüllt: »Kein Problem? Offensichtlich ist in diesem Haus schon ein wenig Menschlichkeit ein riesengroßes Problem. Die Würde des Menschen ist unantastbar – vielleicht schon mal was davon gehört?«

Leonie sagte jedoch nichts. Ging weiter. Fand Anton Leitner im Bett, Brei von einer Wange in die andere schiebend. Mehr war ohne Zahnprothese nicht möglich. Er schluckte auch nichts hinunter. Er hasste Brei.

»Herr Leitner?« Er schob und mahlte weiter, sah nicht auf. »Ich habe Ihnen jemanden mitgebracht.« Leonie hatte noch nicht ganz ausgesprochen, da riss sich Deleen schon von der Leine los, sprang auf Antons Bett. Der Alzheimerkranke im Nebenbett schrie »Hilfe, Hilfe!«, Deleen war das egal, mit einem Schwanzwedeln fegte sie den Teller mit dem vermaledeiten Brei von Antons Schoß. Der Teller zerbrach. Brei ergoss sich über den Boden.

»Deleen, das hast du gut gemacht!« Anton Leitner lächelte, Leonie aber leinte Deleen rasch einen Meter von dem Schlachtfeld am Tisch an, um zu verhindern, dass Deleen beim Aufschlecken eine Scherbe erwischte.

Wenn das dein einziges erzieherisches Mittel sein soll, die absolute Freiheitsberaubung, Deleen sah Leonie empört an, *dann Gott bewahre, dass du jemals Kinder kriegst. Hilfe!* Sie heulte jetzt mit dem an Alzheimer erkrankten Mann im Nebenbett um Hilfe. Der

Mann verstummte, irgendwie erstaunt, Deleen heulte und schimpfte weiter, und Anton lachte.

Nie hätte Leonie gedacht, dass ein zahnloses Lachen so von innen heraus herzerwärmend sein konnte. Bei ihrer Großmutter hatte sie immer schnell weggesehen, wenn sie ohne Zähne war, sie hatte ihr in sich zusammenfallendes Gesicht nicht ertragen. Es war ihre Großmutter. Und die sollte schön sein!

Anton war wirklich nicht schön, wie er so dalag, das weiße Federhaar in alle Richtungen ausgebreitet, aber was mit seinen Augen geschah, als er Rosi erst jetzt entdeckte, weil Deleen ihn so beschäftigt hatte, das war ... Leonie konnte es nicht anders ausdrücken ... wie eine Reise in die Zeit, in der noch alles neu und aufregend gewesen war.

Müde Augen, vom vielen Schauen glanzlos geworden. Sie hatten viel, oft auch zu viel gesehen, Dinge, die sie gar nicht hatten sehen wollen. Das Hässliche, das Gemeine, das Verlogene, all die Heuchler in dieser Welt. Irgendwann hatten die Augen das alles nicht mehr ertragen und Schutz gesucht hinter einer dicken Brille, was aber auch nicht wirklich half.

Also, diese Augen, die sich vielleicht schon danach gesehnt hatten, für immer zuzufallen, sahen Rosi und – wurden wieder jung.

Anton Leitner sagte nur ein Wort: »Danke!«

An diesem Abend notierte Leonie für den Adventskalender: *Der Klang nach der Stille. Bis heute habe ich nicht gewusst, was ein einfaches »Danke« für einen wunderschönen Klang hat.*

10. TAG IM ADVENT

Ein Hund ist ein Herz auf vier Pfoten.
Unbekannt

Ein Märchen aus tausendundeinem Wintertag. Leonie konnte sich durch ihre Windschutzscheibe nicht sattsehen an dem nicht enden wollenden Weiß, das sich sanft dem Himmel entgegenwölbte, ja entgegensehnte. Und die Sonne schickte ihr Licht, tröstend wie eine Mutter, als wolle sie die Erde umarmen, weil sie so festgefroren war am Boden, so weit weg vom Himmel mit seinem tiefen Blau.

Goldglitzerndes Weiß vor Anton Leitner ohne Zähne, neben und hinter sich Vogelscheuche Rosi im neuen Outfit und Deleen, das Schnäuzchen in den Rücksitz gepresst: *Mir ist so schlecht! Ich bin nur ein Hund. Holt mich hier raus!*

Was für eine eigenartige Situation! Vor ein paar Tagen noch hätte Leonie sich nicht vorstellen können, mit zahnlosem Mann, Vogelscheuche und Hund durch die Gegend zu kutschieren. Dabei hatte sie sich bis vor einer Stunde nicht im Geringsten von der Durchschnittsbevölkerung unterschieden. Sie hatte Horst Müller behandelt, einen Patienten mit Gesichtslähmung, und anschließend im Computer festgehalten. *Horst Müller, Patient mit fazialer Parese, steht kurz vor der Entlassung, also nur noch dezente Schwäche, die Übungen noch einmal durchgegangen – mit PNF – weitere Therapie nicht nötig.* Aber was konnte man sich nicht alles vorstellen, und dann geschah es doch und wenn es nur ein einfacher Zahnarztbesuch war.

»Das würden Sie wirklich für mich tun, mich zum Zahnarzt fahren?« Anton hatte sie angesehen wie jemand, der nicht mehr erwartet hatte, dass überhaupt noch jemand etwas für ihn tat.

»Ich hab schon einen Termin. Der Zahnarzt hat seine Praxis etwas außerhalb, in Ottendichl.«

»Ottendichl?«

»Er ist guter Zahnarzt, und das ist doch das Wichtigste.«

Anton hatte nichts mehr gesagt. Nur in seinen Augen, da hatte es wieder geleuchtet, als hätte sie die Kerzen eines Weihnachtsbaums alle gleichzeitig angezündet. Und auch dieses Leuchten fand seinen Platz etwas rechts neben Leonies Herzen. Dort, wo schon ihre ungeweinten Tränen waren, dieser wunderbare Sopran aus dem Einkaufszentrum, die Dankbarkeit dafür, dass sie sich wieder für andere interessieren konnte, die ständig wachsende Zuneigung für Deleen, für Rosi auch irgendwie und dann – das Lächeln, das sie nicht in sich haben wollte, weil es sogar Fynn gelegentlich ein klein wenig beiseiteschob. Wer wusste, wie oft sie das Lächeln schon aus sich hinausgeworfen hatte. Doch es kam immer wieder zurück.

Seit Fynn gestorben war, war es Leonie vorgekommen, als habe sie jemand auf den Kopf gestellt und alles aus ihr herausgeschüttelt, was den Menschen und das Leben ausmacht. Doch jetzt hatte sie den Eindruck, als ob etwas – vielleicht eine unsichtbare Hand – sie allmählich wieder auffüllte. Sie empfand sich nicht mehr als ganz so leer, bekam nach und nach zurück, was nach dem Herausschütteln so achtlos herumgelegen und das sie auch noch mit Füßen getreten hatte. Es war ein Gefühl … wie die erste Praline, die nach wochenlangem Wasser und Brot auf der Zunge zerging. Und irgendwie schien es, als habe Fynn etwas damit zu tun. Ihr Blick blieb an den wunderbaren Orchideen hängen, die in Reih und Glied in schönen Vasen auf dem Fensterbrett standen.

Danke, Fynn, für Deleen, den Adventskalender und – deinen wunderbaren Brief. Du verdammter Mistkerl, glaubst du wirklich, du kannst dich einfach so aus dem Staub machen, und dann ein paar Geschenke und alles ist wieder gut. Verdammt, warum hast du mir nicht erzählt, dass in deiner Familie das schwache Herz genetisch bedingt ist? Okay, ich wusste, dass dein Vater mehrere Herzinfarkte hatte und bei deinem Großvater irgendwann das Herz aufgehört hat zu schlagen, aber was hatte das alles mit dir zu tun? Einem jungen Mann von fünfunddreißig. Dein Großvater wurde fünfundsiebzig, und dein Vater lebt heute noch.

O verdammt, Fynn, du hättest mir sagen müssen, dass dein Herz nicht stark ist, dann hätte ich dich mehr geschont und weniger geliebt. Und ich hätte nicht erlaubt, dass du mich mit dieser Kraft liebst, ähnlich einem Orkan, der über mich hinwegfegt, und hinterher ist alles anders. Mit dir war alles anders. So intensiv. So Leben pur. Ach, hätten wir uns doch weniger geliebt und dafür länger! Die Liebe besser eingeteilt, Tag für Tag, nur eine bestimmte Dosis, ich wollte, wir hätten sie nicht verbraucht, als gebe es endlos Nachschub. Wir hätten wissen müssen, dass, will man alles auf einmal, am Ende nicht mehr viel – von was auch immer – übrig ist. Nur dieser Schmerz, dieser verdammte Schmerz, den du nicht aushalten musst, aber ich muss ihn aushalten … ich … ich … ich!

»Ich bringe Ihnen Herrn Leitner zurück.« Die Stimme brach ab. Die Sprechstundenhilfe und Anton Leitner – noch immer zahnlos – starrten sie an. Mit einer Geste hatte Leonie offenbar die exakt nebeneinander aufgereihten Orchideen in ihren schönen Vasen vom Fensterbrett gefegt.

»Sieben auf einen Streich.« Anton Leitner fand zumindest seinen Humor wieder. »Gratulation.«

»Es tut mir leid, ich weiß gar nicht … ich habe gar nicht bemerkt …« Leonie war noch immer fassungslos über sich selbst. »Ich ersetze das natürlich.«

»Nicht nötig.« Die Sprechstundenhilfe sammelte die Orchideen behutsam auf, sah Leonie besorgt an. »Kann ich etwas für Sie tun?«

Leonie schüttelte den Kopf, wollte ihr helfen, die Orchideen einzusammeln, bückte sich, und ihre Köpfe stießen zusammen.

Die Sprechstundenhilfe rieb sich die Stirn. »Was immer es ist, könnten Sie das nächste Mal bitte mit einfachen Zahnschmerzen zu uns kommen?«

Leonie sah die Sprechstundenhilfe verblüfft an, und dann begannen alle gleichzeitig zu lachen, die Sprechstundenhilfe, Anton Leitner und – Leonie. Leonie lachte tatsächlich, und wenn sie ganz genau hinhörte, war es, als lache noch jemand mit. Fynn. Sein leise beginnendes Lachen, das immer weiter anwuchs, bis es den ganzen Raum ausfüllte. *Gut gemacht, Leonie! Die leise Brise ist nichts für dich! Du bist die Frau, die auch im Sturm noch tanzt.*

Zu Anton Leitners großem Bedauern mussten sie noch mehrmals wiederkommen. Beim nächsten Zahnarztbesuch würde das Provisorium fertig sein, und dann erst würde die richtige Prothese eingesetzt werden. Das hieß, noch eine Woche Verzicht auf Schweinsbraten und dafür Brei, Joghurt und Haferschleim.

»Ich will nicht wieder in diese Abstellkammer für menschlichen Restmüll. Ich will nicht dauernd unter alten Leuten sein«, protestierte er, als Leonie ihm vorsichtig zurück in den Rollstuhl half.

»Aber, Herr Leitner, die können genauso wenig dafür wie Sie, dass Sie im Pflegeheim sein müssen.«

»Fährst du mich in mein Haus, Leonie?« Die Augen flehten.

»Ich kann nicht für Sie sorgen, Herr Leitner, tut mir leid.«

»Das sollst du auch nicht. Du sollst etwas anderes für mich tun.«

»Es ist schon spät. Wir müssen ins Heim zurück.«

»Morgen?« Hoffnungsvoll sah er sie an. »Nach der Arbeit.«

Leonie atmete tief durch. »Also gut, ich hole Sie ab.« Sie lächelte leicht. »Darf ich wenigstens fragen, worum es geht?«

»Um etwas«, Anton Leitners Stimme wurde geheimnisvoll, »das so schön ist, dass es dir den Atem rauben wird. Es ist ein Märchen aus tausendundeinem Wintertag. Wundersam und prachtvoll. Hundertmal großartiger als alles, das die Natur uns heute an Schönem geboten hat.«

Mit diesen Worten schlief Leonie ein, lange nachdem sie Anton Leitner und Rosi wieder zurück in die Abstellkammer für menschlichen Restmüll gebracht hatte, wie er sich und seinesgleichen nannte, lange nachdem sie auf dem Zettel für den Adventskalender notiert hatte: *Zum ersten Mal seit einem Jahr bin ich neugierig. Neugierig auf das, was der nächste Tag für mich bereithält.*

Deleen schnarchte neben Leonie auf ihrem Stammplatz. Po und Schwanz gebettet auf Leonies Gesicht.

11. TAG IM ADVENT

Freund ist der Name eines Hundes.
Japanisches Sprichwort

Es war ein seltsames Gefühl, ein Haus zu betreten, aus dem ein Mensch einfach so mit Sack und Pack aus seinem Alltag geworfen worden war. Anton hatte in letzter Sekunde gekniffen.

»Geht es Ihnen nicht gut?«

Sein zahnloser Mund war schmal. Er ignorierte sie, fixierte einen Punkt an der Wand, schwieg.

Leonie tastete sich weiter vor. »Wovor haben Sie Angst?«

»Danach ...«, endlich wandte er sich ihr zu, »wenn ich mitkomme, wird es hier noch schlimmer für mich sein.«

»Was meinen Sie damit, Anton?« Sie wurde sanft, ganz sanft, so wie Deleen, wenn sie zärtlich Leonies Hand leckte.

»Wenn du etwas nie gehabt hast, dann fehlt es dir auch nicht.« Antons Antwort kam stoßweise. »Weil du es nicht kennst.« Sein Blick wurde verzweifelt. »Ich aber hab ein Leben gehabt, Leonie, ein schönes Leben.«

Bevor das einsame Leben mit Vogelscheuche begonnen hatte, ergänzte Leonie in Gedanken, sprach es jedoch nicht aus, sie hatte nicht das Recht, das zu bewerten.

Anton fuhr fort: »Wenn du in meinem Haus bist, Leonie, reiß Türen und Fenster auf. Lass Luft an das Leben ran!« Seine Stimme war kaum mehr zu hören. »Vielleicht kommt es dann auch wieder zu mir zurück.«

Leonie nahm Anton in den Arm. Hielt ihn und fühlte sich dadurch selbst gehalten, bis sich etwas Feuchtes, Haariges energisch dazwischendrängte. *Platz da! Nicht ohne eure Dilli!* Und im nächsten Augenblick schon bekamen Anton und Leonie eine Gesichtswäsche vom Feinsten.

»Nein, Dilli, hör auf, Dilli!« Leonie wehrte sich, so gut sie nur konnte, doch gegen ein eifersüchtiges Hündchen hat kein Mensch eine Chance. *Ich zeig euch schon noch, mit wem hier geschmust wird! Mit keinem anderen, nur mit mir!* Anton und Leonie fingen gleichzeitig an zu lachen, und plötzlich hörten sie auch so etwas wie ein Glucksen aus dem Nachbarbett. »Herr *Alzheimer«*, wie Leonie ihn insgeheim nannte, schrie zum ersten Mal nicht um Hilfe, er gluckste einfach mit. Gleich morgen würde Leonie die Schwester nach seinem Namen fragen.

Eine Stunde später sperrte Leonie die Tür zu Antons Haus auf. Sie knarrte und quietschte, als wehre sie sich dagegen, nach so langer Zeit wieder geöffnet zu werden. Doch Leonie blieb eisern. und kaum war die Tür einen Spaltbreit offen, wischte Deleen hinein.

Es war dunkel. Die Fensterläden waren geschlossen. Strom gab es keinen. Er war sicher abgeklemmt worden, Anton hatte ja nicht mehr bezahlt. Ein muffig modriger Geruch schlug ihr entgegen. Leonie stieß die Fensterläden auf, ließ erst einmal das Licht herein. Mit dem Lüften war sie vorsichtig. Sie wollte nicht, dass die Rohre platzten. Also öffnete sie nur ein Fenster, sah sich um. Zeit wie eine stehengebliebene Uhr oder wie ein Videofilm, bei dem man auf die Stopptaste gedrückt hatte. Erstarrtes Bild. Nein, nicht erstarrt. Niemand hatte irgendetwas berührt, nachdem Anton vom Notarztteam in den Krankenwagen verfrachtet worden war; dennoch hatte sich etwas verändert. Anton hatte sich geirrt, auch hier gab es kein Leben mehr. Der Verfall war hineingekrochen in dieses Haus, so wie er in den toten Körper hineinkriecht. Er hatte seine Arbeit getan. Mehr noch, er war verdammt fleißig gewesen.

Auf dem Tisch neben schimmlig gewordenem Brot, verfaulter Wurst und ranziger Butter lagen noch die Reste des Notarzteinsatzes, der offensichtlich stattgefunden hatte. Ein Stück einer mit Blut gefüllten Kanüle, die Verpackung einer Spritze, hastig aufgerissen, die Einmalspritze selbst … Noch ein Hinweis auf Vergänglichkeit. Dabei hatte Leonie bis heute vermieden, sich damit auseinanderzusetzen.

Also dann – weg mit dem ganzen Zeug. Müllsack her und alles rasch hineingestopft. Wo, verdammt, war ein Müllsack? Rein damit! Weg mit dem Abfall vom Tisch, dem schimmligen Brot, der ranzigen Butter, der vertrockneten Salami, raus damit aus dem Kühlschrank, in dem es bestialisch stank, weil der Verfall ohne Strom noch schneller arbeitete. Betten abziehen. Noch mehr Fenster auf. Lüften. Lass die Sonne herein, die Kälte, das Leben … Leonie war auf einmal süchtig nach allem, nach Kälte und Leben, konnte nicht genug atmen, einatmen, das Gesicht ins Licht halten, die Strahlen fühlen, Deleen knuddeln. »Meine Süße, mein wunderbarer kleiner Hund, du Schnuckelmaus.« Weitermachen. Das Haus wohnlich gestalten, als käme Anton Leitner zurück. Etwas in ihr fiel wieder in sich zusammen.

Er konnte nicht zurück. Weil niemand für ihn sorgte. *Stopp, Leonie, du wirst es nicht tun. Du hast genug um die Ohren.* Okay, sie würde Anton Leitner mit Deleen besuchen, ihn zum Zahnarzt fahren, vielleicht einmal mit ihm und Rosi essen, ihn im Rollstuhl durch den Park kutschieren, aber sorgen würde sie nicht für ihn. Sie würde nur das tun, worum er sie gebeten hatte. Sie öffnete die Tür zur Glasbläserei, und der schmale Lichtstreif vom Fenster gab den Blick frei auf Antons Glaswunderwelt.

Glas schimmelte nicht, es wurde nicht ranzig, es stank und verfaulte nicht. Es zerbrach höchstens, aber auch nur, wenn man es fallen ließ oder einen kleinen neugierigen Hund mitnahm, der seine Pfoten einfach nicht von einsamen Menschen und fremden Gegenständen lassen konnte.

»Jetzt guck nicht so, Deleen.«

Jetzt knall mir bloß nicht wieder die Tür vor der Nase zu!

»Tut mir leid. Schnauze weg. Du und Glas, das ist mir zu gefährlich. Ich erinnere dich nur an den Brei.«

Der Brei? Ich hätte ihn schon beseitigt, aber wer hat mich an meinen Aufräumungsarbeiten gehindert? Du!

Deleens Blick wurde beschwörend, doch Leonie blieb hart, die Tür fiel gnadenlos vor Deleens Schnauze zu, und – Leonie stand im Dunkeln. Auch hier gab es kein Licht, und auch kein Fenster, das sie hätte öffnen können. Dazu diese fast unheimliche Stille. Jedoch nicht lange. Denn das erste noch zögernde Kratzen ließ nicht auf sich warten. Danach wieder Stille. Erneutes Kratzen, diesmal untermalt von leisem Wimmern, das sich zu einem lang gezogenen Heulen steigerte.

Leonie indessen stand da. Wagte keinen einzigen Schritt. Hatte Angst, irgendwo hängen zu bleiben und etwas Kunstvolles zu zerstören. Leonie schaute sich um, allmählich gewöhnten sich ihre Augen an die Dunkelheit, aber was sie sah, waren nur Schattenumrisse der Vasen, Gläser, Kugeln, Engel, die sie schon einmal bewundert hatte.

Eine Kerze, da auf dem Arbeitstisch. Daneben Zündhölzer. Also gut, ein Schritt, sie nahm die Kerze, zündete sie an, ließ ihr Licht über die Werkstatt gleiten, in der Generationen von Glasbläsern gearbeitet hatten. Sie sah förmlich vor sich, wie eine alte Hand den Glaskolben einer jungen Hand übergab, wie das olympische Feuer übergeben wurde von Athlet zu

Athlet. Immer weiter, bis schließlich Antons Hand ins Leere griff, weil niemand mehr da war, der ihm den Glaskolben abnehmen konnte.

Das Wachs begann zu tropfen. »Aua, verdammt!« Leonie fluchte, sah sich um, fand einen Kerzenhalter. und dann stand vor ihr auf einem kleinen Tisch das, weshalb sie gekommen war.

»Nimm sechzig Teile Sand, hundertachtzig Teile Asche aus Meerespflanzen, fünf Teile Kreide, und du erhältst Glas.« Es war das älteste Glasrezept aus einer Tontafelbibliothek des assyrischen Königs Assubanipal 700 vor Christus, so hatte Anton es ihr und Fynn erzählt. Und jetzt, fast dreitausend Jahre später, stand vor ihr, was aus Asche, Sand und Kreide entstanden war. Leonie hielt den Atem an.

Eisgleiche Äste, gläserne Bäume, kristallklarer Winterwald. Unwirklich schimmernd im Kerzenlicht, das reflektierte, tanzte, taumelte, sich spiegelte, Tannen, Fichten, all die anderen Bäume, das Wintergesträuch und Wintergebüsch um ein Vielfaches zurückwarf und den Eindruck vermittelte, als sei der Wald auf dem einfachen Holztisch noch größer und dichter, als er tatsächlich war. Und dann, im Schutz einer Waldhütte, standen sie da, Maria und Joseph und das Christuskind, wie die Offenbarung selbst, umgeben von Esel, Engel, den Heiligen Drei Königen und den Hirten. Eine Weihnachtskrippe. Mit unendlicher Liebe und Geduld aus dem Glaskolben erweckt mit dem Feuerstrahl.

Es dauerte einen Augenblick, bis Leonie wieder fähig war, praktisch zu denken. Deleens Protest war verstummt, und es war wieder still. Keine Deleen, kein Laut, nur Leonie und die Weihnachtskrippe aus Glas im flackernden Kerzenlicht. Alles in Leonie wurde ruhig. Es war diese Ruhe, die man nur in Momenten empfindet, in denen alles vollkommen ist. Man wird eins mit sich selbst und seinen Gefühlen.

Bisher hatte Leonie das nur einmal erlebt. Mit Fynn. Sie hatten auf den Stufen im Schatten der Kathedrale *San Carbone* in Massa Marittima gesessen, einem kleinen Ort in der Toskana. In der Kathedrale hatte jemand Orgel gespielt, und der Himmel war so klar gewesen und so weit …

Es fiel Leonie schwer, sich aus diesem Gefühl zu lösen, das ihr vorgaukelte, alles sei gut und werde es für immer bleiben. Wie gern hätte sie sich diesem Gefühl ergeben, ja, sich sogar für dieses Gefühl aufgegeben, aber Deleen kratzte wieder an der Tür: *Hey, Leonie, willst du, dass ich auch verschimmle und verwese, damit du mich in eine blaue Mülltüte stopfen und entsorgen kannst? Ich will wieder raus in die Sonne, durch den Schnee toben, den Wind im Fell spüren.*

Leonie öffnete die Tür einen Spalt. »Gleich, Deleen, nur noch kurz warten«, dann knallte sie die Tür vor dem hoffnungsvollen Schnäuzchen wieder zu. Beleidigtes Aufheulen.

Leonie aber begann Winterwald, Weihnachtskrippe und Heilige Familie behutsam mit Seidenpapier zu umwickeln, legte Stück für Stück in eine Kiste, stopfte die Zwischenräume mit Holzwolle aus, verstaute Deleen auf dem Rücksitz ihres Wagens und die Kiste im Kofferraum, fuhr vorsichtig zu ihrer Wohnung, nur kein Auffahrunfall, bloß keinem hintendrauf fahren.

Morgen würde sie die Krippe zur Kirche St. Hedwig bringen. Anton hatte Leonie darum gebeten, sie in die sichere Obhut des Pfarrers zu übergeben.

»Es ist nicht nur irgendeine Weihnachtskrippe, Leonie«, hatte Anton erklärt. »Mein Ururgroßvater hat sie gemacht zur Eröffnung seiner Glasbläserei, und deshalb wünsche ich mir, dass sich die Menschen auch noch lange nach mir jedes Jahr im Advent in der Kirche St. Hedwig daran erinnern, dass es uns einmal gegeben hat: die Glasbläserfamilie Leitner.«

Am Abend notierte Leonie auf den mittlerweile obligatorischen Zettel: *Danke, Anton und Ururgroßvater Leitner, danke für diesen Augenblick.*

12. TAG IM ADVENT

Einen Hund zu haben bedeutet, es normal zu finden, unter einen Schrank zu kriechen, um das Balli herauszuholen, gnadenlos um ein Stück Tau zu kämpfen, gemeinsam darüber verzweifelt zu sein, wenn das unterm Schnee so gut verbuddelte Holzi am nächsten Tag verschwunden ist. Sich selbst ordentlich die Schuhe abzuputzen, aber geduldig hinter Hündchen herzuwischen, weil es wieder einmal schneller war als Frauchen mit Putztuchi … Aber auch das schöne Gefühl, wenn einem am Morgen ein feuchtes Schnäuzchen anstupst: Hey, Leonie, raus aus den Federn, draußen wartet ein wunderbarer Tag auf uns. Ich will Gassiiiiii gehen!

Halbzeit! Nicht nur im Fußball. Wie kam sie ausgerechnet auf Fußball? Fußball hatte sie noch nie interessiert, und sie würde auch jetzt nicht damit anfangen, nur wegen des Lächelns eines Mannes, der sich von Deleens wunderschönen braunen Augen so hatte einwickeln lassen, dass er sogar sein Team vernachlässigte und ihr den Puls fühlte. Männern, die dem Blick weiblicher Augen erlagen, hatte sie noch nie getraut. Es gab zu viele Blicke weiblicher Augen, da sollte Mann schon gelegentlich standfest bleiben.

»Fynn, verzeih mir! Keine Ahnung, warum ich immer wieder an diesen Typen denken muss.«

Schon okay, Leonie, auch die Gefühle gehen weiter.

»Tun sie nicht, Fynn, tun sie verdammt noch mal nicht!«

Doch, Leonie, das tun sie, ob du willst oder nicht.

Nein, mit Halbzeit meinte Leonie den 12. Tag im Advent. Er bedeutete, nur noch zwölf Tage bis Weihnachten, dem Fest, das Leonie mehr fürchtete als alles andere. Es war das zweite Weihnachtsfest ohne Fynn. Im letzten Jahr hatte sie sich eingesperrt, sich allem versperrt.

Der Bitte ihrer Eltern: »Komm nach Hause, Leonie.«

Der Einladung ihrer Freunde: »Lass uns wenigstens zusammen was essen. Es gibt Gans … Forelle … Wiener Schnitzel mit Kartoffelsalat …« Sie hätte sich die Freunde und das Weihnachtsessen aussuchen können.

Aber sie hatte im Dunkeln gesessen, hatte dem Ticken der Wanduhr gelauscht, die Fynn auf einem Flohmarkt erstanden hatte, hatte die Sekunden gezählt und einfach nur gehofft, dass ES vorbeiging, endlich vorbei war.

Dieses Jahr war es anders. Es war leise gekommen dieses Gefühl, beinahe unmerklich, als habe es sich bei ihr eingeschlichen und die Tür ganz leise hinter sich zugezogen, die zu dem winzigen Areal im Gehirn führt, wo die guten Gefühle ordentlich verstaut sind.

»Weihnachten«, flüsterte das Gefühl, »Weihnachten kann auch für dich wieder schön sein, Leonie.«

»Vielleicht … irgendwann.«

»Nein, schon jetzt, hör in dich hinein.«

Es lag an Deleen. Jeden Tag tischte sie Leonie eine riesige Portion Lebensfreude auf. *Guck mal, Leonie, die Schneeflocken, ich fang sie dir und leg sie dir zu Füßen. Der ganze Schnee um uns rum – alles nur für dich.*

Das tägliche gemeinsame Nachhauskommen, windsonne-und-schnee-durchtränkt: »Ab in die Badewanne, Dilli, duschen.« Deleen war vermutlich der einzige Hund, der freiwillig die Pfötchen hob, damit der Wasserstrahl auch die Stelle unter den Achseln erreichte. Nur einmal – warum auch immer – war sie der Badewanne entwischt, durch die noch offene Tür geflohen und hatte dann mitten auf der stark befahrenen Straße auf Leonie gewartet. *Keine Ahnung, Leonie, wie ich aus diesem Elend um mich rum wieder rauskomme, bitte hol mich ab!*

Wenn Dilli so dalag, geborgen, warm und sicher, eingewickelt in ein riesiges Badetuch, so dass man nur das Köpfchen sah, und selig vor sich hin schnarchte, spürte Leonie, wie die Liebe, die sie vor einem Jahr aufgegeben hatte, erneut in ihr Wurzeln schlug. Und Liebe war Liebe, sie machte keinen Unterschied zwischen Mensch und Tier.

Leonie liebte dieses Hündchen, auch wenn es wie

ein Trüffelschwein die Trüffel, das einzige Schlammloch weit und breit, finden konnte, das nicht ganz zugefroren war, sich genüsslich darin wälzte und dann voller Stolz sein Fell ausschüttelte, geradewegs vor Leonie, die zum Anlass der Schlammlochbegehung stets einen schneeweißen Daunenmantel trug.

Manchmal drehte Deleen sich, zu Hause angekommen, aber auch auf den Rücken, legte die nassen Pfoten an die Zentralheizung und alles in und an ihr schien zu sagen: *O Mann, da haben die Menschen ja mal was richtig Geiles erfunden.*

In diesem Jahr würde Leonie ganz bestimmt noch keinen Weihnachtsbaum schmücken. Sie würde weder Weihnachtslieder singen noch in die Christmette gehen und auch nicht die Weihnachtsgeschichte lesen. Aber sie würde Weihnachtsgeschenke kaufen. Zumindest für Deleen. Ein Hundehandy, einen Stoffhasi und einen wunderbar stinkenden einen Meter langen Ochsenziemer. Bisher hatte sie sich strikt geweigert, ihre Wohnung mit Ochsenziemern zu verpesten. Aber es war Weihnachten, und sie würde Hundehandy und Stoffhasi mit ein paar Stückchen Wiener Würstchen in Weihnachtspapier einwickeln, Wiener Würstchen, damit Hundehandy und Stoffhasi neben dem Ochsenziemer überhaupt eine Chance hatten, und dann würde sie beobachten, wie Dilli ihre Geschenke wieder auswickelte. Sie freute sich darauf!

Leonie hielt inne.

Sie freute sich tatsächlich darauf.

Sie freute sich auf Weihnachten!

Ja, Deleen hatte etwas in ihr Leben zurückgebracht,

das Leonie nicht mehr erwartet hatte: diesen einen wunderbaren Hauch von Glück …

Heute standen jedoch weder langer Spaziergang nach der Arbeit noch Badewanne, noch Ballitoben auf dem Programm. Leonie musste in die Kirche. Sie hatte es Anton Leitner versprochen, in der Pfarrgemeinde angerufen und mit Pfarrer Stettner einen Termin verabredet. Gleich um halb sechs, nach der Kindstaufe, die bis dahin hoffentlich genügend gefeiert worden war, und nach ihrer Arbeit. Es war das erste Mal, dass sie nach dem Abschiedsgottesdienst für Fynn wieder ein Gotteshaus betreten würde. Jesus versprach einem das ewige Leben, man musste nur hilfreich sein und gut, und dann ließ er einem wirklich guten Mann gerade mal fünfunddreißig Jahre. Die Pfarrer sollten ihre Predigten schön für sich behalten.

Heute aber musste sie da hinein und da durch. Sie hatte Anton versprochen, die Weihnachtskrippe heil in St. Hedwig abzuliefern. Allerdings würde sie die Krippe nicht aus dem Auto in die Kirche schleppen, das sollte der Herr Pfarrer schön selbst tun. Damit er mit seinem ja fast schon nervigen Glauben an das Gute zu irgendetwas gut war.

Deleen musste aus Sicherheitsgründen in der Wohnung bleiben. Mittlerweile fragte sich Leonie, ob Hündchen diesen Vollkommen-von-der-Welt-verlassen-sein-Blick vor dem Spiegel übte, aber vermutlich lag er schon in seinen Genen.

Leonie versprach Hündchen den Himmel auf Erden, sobald sie zurückkam. »Wir gehen dann ganz lange

Gassi, mein großer, großer Schatz, du süßer Hund, du, und Leckerlis bekommst du auch, ganz viele, auch die du am liebsten magst, die total ungesunden Wurschtis, von denen du dann Diabetes bekommst, und wir müssen dann regelmäßig Zucker messen und Insulin spritzen, aber egal, Hauptsache, du leidest jetzt nicht, mein kleiner, wunderbarer, tapferer, sensationeller Hund.«

Leonie hatte wirklich ihr Bestes getan, um den psychischen Schaden zu verhindern, der bei Hunden entstehen konnte, sobald etwas nicht nach ihrem Willen ging. Ähnlich wie bei pubertierenden Kindern. Gelegentlich fragte sich Leonie, weshalb man sich das eine oder das andere und manchmal sogar beides antat. Hund und Kind.

Deleens Blick blieb unversöhnt, um nicht zu sagen psychisch doch angekratzt – zumindest ein kleines bisschen geschädigt.

Leonie verließ Hündchen trotzdem, stapfte wenig später die schneebedeckten Stufen hinauf, die zur Kirche St. Hedwig führten, erreichte das Kirchenportal, stieß es auf, stockte, traute ihren Augen nicht, machte auf dem Absatz kehrt. Das Portal fiel krachend in sein Schloss zurück, sie rannte die Stufen viel zu schnell hinunter, stürzte fast, weil sie glatt waren, und benahm sich auch weiter so, als sei der Teufel persönlich hinter ihr her.

Der Teufel hatte in einer Kirche nichts zu suchen.

ER aber auch nicht.

Nicht um die Zeit, wenn sie mit dem Pfarrer verabredet war.

ER war der Pfarrer. Ein katholischer noch dazu. Er durfte nicht lieben, zumindest nicht offiziell, heiraten, Vater werden, all das, was … Stopp, *Leonie, hör auf damit, stopp!*

Sie stoppte gerade noch rechtzeitig vor der roten Ampel, die sie fast übersehen hätte. Hatte nur zwei Gedanken im Kopf: Hoffentlich ist die Weihnachtskrippe noch heil! Und – sie hatte sich eben verhalten wie eine Idiotin. Hoffentlich hatte er nicht bemerkt, dass sie sich verhalten hatte wie eine Idiotin!

Er hatte es bemerkt. Natürlich hatte er es bemerkt. Er war ja nicht blöd. Sie waren verabredet gewesen, und er hatte sie erwartet. Sie brauchte eine Ausrede. Sie brauchte sogar sehr dringend eine sehr gute Ausrede.

»Mein Hund hat angerufen, er muss dringend zum Tierarzt.«

»Ich habe eine Weihrauchallergie.«

»Ich habe Sirenen gehört und dachte, mein Haus brennt ab.«

Ob er auch nur ein Wort davon glauben würde? Verdammt noch mal, ja. Als Pfarrer war er sogar verpflichtet, immer vom Guten im Menschen auszugehen. Und gute Menschen logen nicht.

Außerdem, wie sollte er auf die Idee kommen, dass es vielleicht noch einen anderen Grund gab außer Hundenotruf, Allergie und Wohnungsbrand, der sie aus der Kirche hatte fliehen lassen? Dass es nur ihr Herz gewesen war. Ihr von einer Sekunde zur anderen mit Tempo zweihundert dahinrasendes Herz!

An diesem Abend wurde sie nicht nur den Gedanken an das Lächeln, sie wurde auch das Lieblingszitat ihrer Großmutter nicht mehr los. Wie festgefroren war es in ihrem Kopf, obwohl Deleen auf ihrem Bauch lag und es Leonie allein schon aus diesem Grund ziemlich heiß war. Dann erbarmte sich Dilli irgendwann doch und wählte die Zentralheizung zum Herzerwärmen. Leonie dagegen spürte, dass es nur eine Möglichkeit gab, um dieses verdammte Zitat wieder loszuwerden. Sie musste es aufschreiben. Wählte es aus für den 12. Tag im Advent.

Zukunft ist etwas, das schon da ist, bevor wir damit rechnen.

Unsinn! Was schrieb sie da, verdammt? Er war nicht nur ein Lächeln oder ein Fußballtrainer. Er war Pfarrer Stettner!

13. TAG IM ADVENT

Haben Tiere eine Seele und Gefühle,
kann nur fragen, wer über keines der beiden verfügt.
Eugen Drewermann

Alles auf Anfang, der dreizehnte Advent, zweiter Versuch. Leonie hatte sich im Pfarramt mit plötzlicher Übelkeit entschuldigt und um einen neuen Termin mit Pfarrer Stettner gebeten.

Diesmal durfte Deleen mit, allerdings mit der strengen Auflage, ihren Unmut nicht am Rücksitz auszulassen, wenn sie auf Leonie warten musste. Im Grunde war Deleen ein friedfertiges Hündchen, fühlte sie sich allerdings vernachlässigt, konnte schon einmal der eine oder andere Bezug darunter leiden. Erst kürzlich hatte sie mit größtem Vergnügen einige Seiten der Tageszeitung zerfetzt. Unter anderem die Seite, die beschrieb, dass Mischlingshund Pico mit Herrchen vor Gericht gestellt wurde, weil er angeblich am Volkstrauertag im Münchner Hofgarten eine Dreiviertelstunde lang gebellt hatte.

»Eine Schande«, erklärte ein Teilnehmer des Festakts. »So wenig Respekt vor den gefallenen Soldaten.«

Kein Respekt vor dem Krieg, das war, was Leonie dazu einfiel.

Hündchen in der Nähe zu haben tat Leonie gut. Auch wenn sie diesmal vorbereitet war auf denjenigen, der da auf sie warten würde, und sein Lächeln nicht mehr das eines Mannes sein würde, sondern das eines Pfarrers. Ein riesiger Unterschied. Wenn ein Pfarrer lächelte, war es irgendwie neutral, ungefährlich – und damit war auch ihre noch immer von Fynn bestimmte Welt in Ordnung.

Fast ärgerte sie sich, dass sie so viel an das Lächeln gedacht hatte. Mit ihrer Zeit konnte sie etwas Besseres anfangen.

Innerlich gefestigt, natürlich erst nachdem sich Leonie ausgiebig von Deleen verabschiedet und sie gründlich *aufs Kopfi* geküsst hatte, stieg Leonie wie schon am Vortag die Treppe zum Kirchenportal hinauf. Doch diesmal waren die Stufen nicht nur schneebedeckt, sie waren a…glatt!

»Wie unverantwortlich!«, schimpfte sie vor sich hin: Pfarrer Stettner sollte nicht nur die Jugend trainieren, sondern gelegentlich das Pflegeheim besuchen. Da konnte er sehen, was aus alten Menschen wurde, die gestürzt waren. Und in diesem Fall nur, weil sie an etwas glaubten, von dem Leonie überzeugt war, dass es das nie gegeben hatte: himmlische Gerechtigkeit. Im Gegenteil, wenn es Gott gab, dann war er ein Zocker. Er spielte nicht mit Karten, er spielte – sie stapfte weiter die Stufen hinauf – mit dem Schicksal. Zufallsprinzip oder Strategie … Jedenfalls machte Gott sich offenbar einen Spaß daraus, sich alle Männer einzuverleiben, die ihr … *Stopp, Leonie! Hör sofort auf, so zu denken und diesen Unsinn zu fühlen! Bleib bei deiner Überlegung, dass es einfach fies ist, alte Menschen in die Kirche zu locken, ohne vorher den Schnee von den Stufen zu schippen.*

Ein Mann stand neben dem Kirchenportal an das Mauerwerk gelehnt, das Gesicht so im Schal vergraben, dass Leonie nichts von ihm erkennen konnte. Außer dem Pappbecher, den er ihr entgegenhielt.

Noch so eine arme verlorene Seele, der die im Himmel übel mitgespielt hatten. Leonies Herz zog sich vor solidarischem Mitgefühl zusammen, fragte sich, weshalb er wohl obdachlos geworden war, kramte in ihrem Anorak nach ein paar Münzen, fand sie, warf sie in den Pappbecher, stieß das Kirchenportal auf, wollte schon die Kirche betreten, doch da hielt sie eine ärgerliche Stimme zurück.

»Hey, was soll das!«

Leonie drehte sich um. Sah, wie sich der Obdachlose wütend aus seinem Wollschal wickelte. »Ja?«

»Wenn was in meinem Kaffee fehlt, dann nicht fünfzig Cent, sondern Zucker.«

Leonie hielt den Atem an. Der Mann mit dem Lächeln. *Stopp, Leonie, es ist nur der Pfarrer. Pfarrer Stettner.* Gleichzeitig ging ihr Blick nach oben, hin zu einem Himmel mit riesigen grauen Schneewolken. *Verdammt, was machst du mit mir, Gott? Kannst du mich nicht einfach in Ruhe lassen?*

»Sie müssen jetzt nicht die Augen verdrehen!«

»Ich verdrehe nicht die Augen. Es tut mir leid!« Wieso entschuldigte sie sich auch noch? Sie ging zum Gegenangriff über. »Ich habe Sie in der Kirche erwartet.«

»Die Kirche ist kein Knast. Man darf sie durchaus mal verlassen. Und weshalb …«, – jetzt wurde er neugierig – »haben Sie mich erwartet?«

»Weil wir verabredet sind?«

»Ach, dann sind Sie die neue Sopranistin?«

»Tut mir leid, ich kann nicht singen.« Schon wieder – sie entschuldigte sich schon wieder.

»Es muss Ihnen nicht leidtun. Viele Menschen können nicht singen.«

»Auch wenn das ein durchaus spannendes Thema ist. Ich habe nicht ewig Zeit … mein Hund friert. Packen Sie bitte mit an.«

»Ah, Sie haben Ihren Hund dabei!« Dieses Lächeln! Wieso schenkte Gott ausgerechnet einem Pfarrer so ein Lächeln? Das war purer Sadismus gegenüber der Frauenwelt. Offenbar konnte Gott Frauen nicht besonders leiden, er hatte ja auch schon Eva dazu gebracht, Adam zu verführen, obwohl es außerhalb des Paradieses fast immer umgekehrt ist. »Wohin will Ihre Hundedame getragen werden?«

»Nicht Deleen, die Kiste.«

»Sehr gern. Welche Kiste?«

Hatten ihm die im Pfarramt denn überhaupt nichts ausgerichtet?

»Die Kiste mit der Weihnachtskrippe.«

»Aha.« Sein Blick blieb ratlos.

»Herr Leitner hat sie der Kirche gestiftet. Ich habe deswegen angerufen.«

»Ja, wenn er gestiftet hat und Sie angerufen haben, dann holen wir jetzt mal die Kiste.« Er lächelte, lief mit federnden Schritten die Stufen hinunter, und Leonie hatte nur einen Gedanken: Was für ein schöner Mann!

Herz, steh nicht still. Tun wir so, als sei nichts. Schlag einfach weiter.

Die Abendsonne, goldene Funken sprühend, im bunten Glas der Rosenfenster versinkend, tauchte das Kirchenschiff in ein mystisches Licht. Es war still, und dann dieser Moment, als *er* das erste gläserne Bäumchen aus dem Seidenpapier wickelte. Wie schön seine Hände waren! Schmalgliedrig und trotzdem fest. Wie es wohl war, von ihnen berührt zu werden? Wie – sie zu berühren? Leonie spürte die Kälte nicht mehr, stattdessen ein wohliges Prickeln vom Kopf bis zu den Zehenspitzen. *Er* hielt das Glasbäumchen ins Licht, ließ sich von ihm verzaubern, so wie Leonie sich in Antons Haus hatte verzaubern lassen, stellte es dann ganz behutsam in dem Schaukasten rechts neben dem Kirchenportal ab.

Bäumchen folgte Bäumchen, dann der Esel, das Kamel der Heiligen Drei Könige, die Heiligen Drei Könige, das Lamm, die Schafe und schließlich Maria und Joseph.

Als *er* die winzige Krippe aus Glas abstellte und sie das Jesuskind behutsam in die Krippe legte, berührten sich ihre Hände. Die Abendsonne, die Stille, der eigenartige Zauber, den Kirchen in sich hatten – Leonie konnte verstehen, dass es Frauen gab, die sich mit Pfarrern einließen.

Sie entzog ihm rasch ihre Hand und sich seinem Blick, indem sie sich von ihm ab- und dem Kirchenportal zuwandte, durch das jetzt ein Mann trat.

Es war Ende fünfzig vielleicht, mit schütterem Haar. Er schüttelte die letzten Schneeflocken von seinem dunklen Mantel, kam dann wie selbstverständlich auf sie zu. »Hat wieder mal länger gedauert … Kindstaufe …« Er reichte ihr die Hand. »Frau Fink, nehme ich an.«

Leonie ahnte es schon, ehe sie es aussprach. »Pfarrer Stettner?«

»Freut mich, Sie kennenzulernen. Herr Leitner hat schon viel Gutes über Sie berichtet – hallo, Sebastian.«

Sebastian grinste. »Hallo, Christian.«

»Eine Sekunde noch, muss mal schnell in die Sakristei, bin gleich wieder bei Ihnen!« Pfarrer Stettner nickte ihnen freundlich zu, und Leonie war allein mit dem Mann, der nicht Pfarrer Stettner war, sondern Sebastian hieß.

Sie fauchte ihn an. »Wieso haben Sie nicht gesagt, dass Sie nicht der Pfarrer sind?«

Er grinste noch immer. »Hätte das etwas geändert?«

Es änderte alles. »Natürlich nicht!« Sie sammelte sich, versuchte zumindest wieder klar und eindeutig zu denken. »Wieso stehen Sie überhaupt vor einer Kirche und trinken Kaffee?«

»Wo hätte ich denn Ihrer Meinung nach hingehen sollen?«

»In ein schönes warmes Café wie alle anderen auch.« Jetzt konnte sie sich kaum noch in Schach halten. »Oder sind Sie in der Kälte zu Hause!«

»Stimmt.« Wenn er nur endlich aufhören würde mit diesem verdammten Grinsen. »Von der Norm abweichendes Verhalten muss bestraft werden, sei es, dass man den Übeltäter mit heißem Kaffee vollspritzt.«

»Ich hoffe, er war sehr heiß?«

»Orgel spielen kann ich noch.«

»Sie spielen Orgel?«

»Ich bin hier der Organist.«

»Oh!«

»Keine Sorge, Sie müssen nicht beichten. Ich erteile Ihnen auch so die Absolution.«

Sie fing sich wieder. »Kein einziges ›Vaterunser‹ für Ihre verbrühten Finger. Sie sind selbst schuld.«

»Bei dieser Einstellung sollten Sie sich das mit der Beichte noch mal überlegen, sobald Pfarrer Stettner aus der Sakristei zurück ist.«

»Und was tun Sie sonst so – außer Orgelspielen und Fußballer trainieren?« Sie konnte es nicht verhindern. Sie wollte jetzt mehr über ihn wissen.

»Ich bin Deutsch- und Sportlehrer am Gymnasium.«

Also tatsächlich ein ganz normaler Mann. Verdammter Mist! Gott hatte doch keinen Fehler gemacht. Im Gegenteil, er stellte ihre eheliche Treue auch noch posthum auf die Probe. »Leonie, Logopädin und Besitzerin eines hypochondrischen Hundes, der um sein Herz fürchtet, weil ein paar Polizisten in der Gegend rumknallen.«

»Ah, deshalb musste ich den Puls fühlen.«

»Dann erinnern Sie sich an mich.«

»Sie haben das Talent, einen bleibenden Eindruck zu hinterlassen.«

Beide konnten nicht mehr länger an sich halten. Sie lachten. Es war das zweite Mal nach Fynns Tod, dass Leonie so herzlich lachen konnte. Sie kam sich vor wie jemand, der, schon fast verdurstet, eine Quelle entdeckte und nicht mehr aufhören konnte, das klare Wasser in sich hineinzuschlürfen. Sie lachte und lachte, bemerkte irgendwann, dass Sebastian verstummt war, sie nur ansah, mit einem Blick, den sie nicht zu deuten wusste. So, als habe er etwas entdeckt, was er nicht erwartet hatte. Und sie wiederum fühlte sich bei etwas ertappt, das so nie hätte stattfinden dürfen. Sie hörte sofort auf zu lachen.

Später, als Leonie am Abend allein war – mit ihren Gefühlen und Deleen –, machte sie sich Vorwürfe. Sie hätte das alles nicht zulassen dürfen. Das gemeinsame Lachen, das sich gegenseitig Necken, dieses verbale Pingpongspiel, bei dem sie jeden Ball erwischte, als hätten Sebastian und sie nie etwas anderes getan oder gespielt. Und vor allem hätten sie nicht zusammen die Krippe aufbauen dürfen. Die Menschen, die die Krippe sahen, würden sich an die Glasbläserfamilie Leitner erinnern. Sie aber würde sich an das Abendlicht erinnern, das die Kirche in ein mystisches Licht tauchte – und an seine Hände. Sie hatten einander berührt, als sie im selben Moment nach dem Christuskind griffen …

Ein Zitat ihrer Großmutter fiel ihr ein: *Das Geheimnis des Glücks ist die Freude in unseren Händen.* Leonie schrieb es auf, steckte es hinter das Türchen des 13. Adventstages und setzte alle Kraft daran, Sebastian nicht wiederzusehen.

20. TAG IM ADVENT

Der Hund braucht sein Hundeleben.
Er will zwar keine Flöhe haben,
aber die Möglichkeit, sie zu bekommen.
Robert Lembke

Und sie sah ihn nicht wieder.
Vorerst sah sie ihn nicht wieder.

Stille Zeit, laute Zeit. In der Fußgängerzone der Innenstadt drängten sich die Menschen auf der Suche nach den letzten Geschenken. Sie schleppten Einkaufstüten, Riesenteddys, den Verkäufern stand der Schweiß auf der Stirn, und eine Bläsergruppe mit roten Weihnachtsmannmützen blies dazu ihr fröhliches Halali. Ein- und Ausfallstraßen waren verstopft, in den Parkhäusern gab es keinen einzigen freien Platz.

Mittlerweile war eine Woche vergangen, seit Leonie gemeinsam mit Sebastian die Krippe aufgebaut hatte. Ein Moment außerhalb dieser Zeit, nicht einmal eine halbe Stunde hatte er gedauert, und dennoch …

Leonie rief sich zur Ordnung. Nicht an ihn denken. Nicht so an ihn denken. Alles, was sie dachte und fühlte, gehörte Fynn. Das Brotmesser in der Hand erinnerte sie daran, wie er sich fast einmal damit die Fingerkuppe abgeschnitten hatte. Die roten Einkaufschips auf dem Küchenbüffet hatte er gesammelt wie andere Briefmarken. In den Supermarkt gehen ohne Einkaufschip, ein *No-Go*, weil er nie Kleingeld bei sich hatte. Die DVD-Sammlung war nach Nummern archiviert. Er hatte Jazz geliebt und Biographien berühmter Menschen. Das Leben hatte ihn interessiert.

Bisher allerdings hatten sie die Erinnerungen an Fynn ganz selbstverständlich überallhin begleitet. Jetzt blieben sie immer wieder stehen, während sie weiterging, und das Schlimmste – manchmal bemerkte sie nicht einmal, dass die Erinnerungen zurückblieben. Aber nicht mit ihr! So einfach würde sie es ihnen nicht machen.

Sie stellte die Fotos von sich und Fynn wieder auf. Holte sie aus der Schublade, in die sie diese Fotos gleich nach seinem Tod ganz tief unten vergraben hatte; unter irgendwelchem Krimskrams, der sich über die Jahre angesammelt hatte. Sie hatte ihn nicht mehr sehen, hatte sich und Fynn nicht mehr sehen können. Sie beide, beim Segeln, den Wind im Haar, Sonne und Wasser im Gesicht, so frei; durchgefroren auf der Zugspitze, hatten sie einander gewärmt. Sie und Fynn, in der Toskana, in Mexiko und gemeinsam in der Badewanne. Das Foto in der Badewanne stellte sie nicht auf, die anderen schon. Foto um Foto kehrte auf die Kommode zurück. Sie tat es den Südländern gleich.

Baute einen Altar, aber nicht nur auf der Kommode, sondern auch im Kopf. Mit jedem Bilderrahmen, den sie polierte, ehe sie das Foto aufstellte, kam wieder ein Stück Schmerz an die Oberfläche, und diesmal stopfte sie ihn nicht wieder schnell dahin zurück, wo er herkam. Deckel drauf! Klappe zu! Sie ließ den Schmerz kommen, ließ sich in die Trauer hineinfallen, und sie weinte, wie sie noch nie geweint hatte. Sie wusste nicht, wie lange, es konnten durchaus Stunden gewesen sein, als sie Deleens raue Zunge spürte. Zunächst ganz behutsam, dann immer leidenschaftlicher, trocknete sie Leonies Tränen, kuschelte sich dann ganz fest an sie. Leonie versuchte ihren Herzschlag mit Deleens Herzschlag in Einklang zu bringen, doch das Hundeherz war immer ein bisschen schneller, schlug ihr davon. Deleen aber blieb.

Ich bin da, Leonie.

Danke, Fynn, danke, dass du sie mir gebracht hast.

Hatte Deleen jedoch gehofft, dass ihr von nun an der Pfötchengarten erspart bleiben würde – leider nein. Auch die kommenden Tage lieferte Leonie Deleen nach dem Gassigehen ab, schaute noch ein bisschen zu, wie sie sofort auf die Spielwiese rannte und mit den anderen Hunden herumtobte. Sobald sie sich ausgetobt haben würde, würde sie sich mit ihren Kameraden zum Relaxen in die Spielscheune zurückziehen. Dilli war ein glücklicher Pfötchengartenhund, auch wenn sie gelegentlich das Gegenteil behauptete, und Leonie wurde durch den Morgenspaziergang zumindest die Frischzellenkur erspart.

Auch im Job lief alles gut. Daniel, das Stotterkind, machte sogar große Fortschritte. Die Phasen, in denen er flüssig sprach, wurden länger, und die Mutter war sicher: »Weil Sie jetzt auch regelmäßig mit ihm singen, das macht ihm Mut. Ich würde ihn so gern in einem Kinderchor unterbringen.«

Unwillkürlich musste Leonie an die Regensburger Domspatzen denken mit ihren engelsgleichen Stimmen oder an den Thomanerchor. Der gregorianische Choral, gewürzt mit Daniels schrägen Tönen, das war eine Vorstellung, die Leonie zum Schmunzeln brachte.

Was Leonie jedoch auf einmal schwerfiel, war, den Adventskalender weiter aufzufüllen. Sie fand einfach keine Worte für ihre Trauer und ihre Tränen, und deshalb blieb der Zettel des Tages, an dem sie endlich geweint, richtig geweint hatte, leer. Sie steckte ihn trotzdem hinter das Türchen des 14. Tages im Advent.

Am 15. Dezember fiel ihr auch nichts Wesentliches ein. Sie schrieb: *Scherben sollte man noch am Abend wegräumen, damit man sich am Morgen nicht mehr daran schneidet.* Am 16. Dezember notierte sie: *Zu viele Sorgen zerbrechen das Glas*, und am siebzehnten Dezember: *Es ertrinken mehr im Glas als in allen Wassern.*

Die Sprüche waren in diesen Tagen zur Pflichtübung geworden, und sie füllte den Adventskalender nur noch aus einem Grund: Damit ihr größter Wunsch in Erfüllung ging, Fynn noch einmal zu sehen und sich von ihm verabschieden zu können. Eins fiel ihr jedoch auf, als sie am 19. Dezember einfach so vor sich hin schrieb: *Glück und Glas – wie leicht bricht das!* Es ging in den letzten Tagen um Glas, immer wieder um Glas. Und das hatte wiederum etwas mit der Berührung von Händen zu tun, in der abendlichen Lichtstille von St. Hedwig.

»Eigentlich könnte ich doch mal schauen, ob mit der Weihnachtskrippe alles in Ordnung ist.«

Es war der 20. Dezember, und Leonie hatte frei. Deleen lag gemütlich auf der Couch und Leonie bäuchlings auf dem Fußboden, um das Balli, das sie bestimmt schon hundertmal geworfen hatte, wieder einmal unter dem Bauernschrank hervorzuholen. Dilli fehlte der Pfötchengarten, und Leonies Aufgabe war es, Hündchen bei Laune zu halten.

Prompt hörte Deleen auch mit ihrem hochherrschaftlichen Jammern auf und warf Leonie einen schrägen Blick zu.

Leonie warf Deleen einen schrägen Blick zurück. »Es geht wirklich nur um die Weihnachtskrippe, Dilli, um nichts anderes.«

Wer's glaubt, wird selig und muss dafür nicht erst in die Kirche. Deleen glaubte Leonie nicht einen einzigen Buchstaben von dem, was sie daherredete.

Leonie dagegen war überzeugt von dem, was sie sagte. Es ging ihr wirklich nur um die Weihnachtskrippe, immerhin musste sie Anton Leitner bei ihrem nächsten Besuch sagen können, wie sie von den Gläubigen angenommen worden war. Außerdem war Sebastian ganz sicher nicht jeden Tag da. Und auch wenn er da war, dann war ihr das vollkommen sch...egal!

Sebastian war da!
An diesem Dezembertag, der grau war und fast ohne Licht, untermalt von der Lautmonotonie des nachmittäglich dahinfließenden Verkehrs. Der 20. Dezember, ein mürrischer Alter, weder gewillt zu reden noch zuzuhören.

Leonie hörte zu.

Sebastian spielte aus dem Weihnachtsoratorium von Bach.

Leonie schloss die Augen, sperrte damit den mürrischen Alten um sich herum aus. Der Duft von Kälte, klar und rein, Leonie vertraute sich ihr an und spürte, wie die innere Leere der letzten Tage schwand. Sie füllte sich, so wie sie den Adventskalender langsam füllte. Das Glücksgefühl kam nicht sofort, es breitete sich aus wie die Schwingen eines Vogels, trug sie in den Himmel aus Wolken und Schnee, nahm sie mit in diesen Zustand, in dem auf einmal alles ganz leicht ist und frei … und Unglück, Trauer und Schwere weit fort …

Leonie fror nicht mehr, war nicht mehr einsam, war endlich wieder ohne Angst.

Dann brach die Orgelmusik ab. Ganz sacht fallender Schnee, wie ein Schleier vor ihren Augen. Schritte auf dem steinernen in den Kirchenboden eingelassenen Mosaik. Sie kamen näher. Leonie gab sich einen Ruck, wollte nur noch fort, rutschte aus, rutschte auf dem Hinterteil die Stufen hinunter, stand wieder auf, machte, dass sie davonkam. Sie war noch nicht bereit, sich erwischen zu lassen.

Sie bemerkte nicht, dass Sebastian schon längst auf der obersten Stufe stand und ihr nun doch etwas verwundert nachsah. Wie sie ihren Wagen erreichte, hastig einstieg, den Motor anließ und mit Kavaliersstart davonsetzte.

Leonie aber schrieb auf ihren inzwischen obligatorischen Zettel, nicht sofort, erst nachdem sie doch ein wenig überlegt und gezögert hatte. Sie schrieb zum ersten Mal seit Tagen wieder, was sie wirklich fühlte und was das Leben sie gelehrt hatte: *Ich bin wieder da, auch wenn mir der Hintern noch verdammt wehtut.*

21. TAG IM ADVENT

Der Hund ist das einzige Wesen auf Erden,
das dich mehr liebt als sich selbst.
Josh Billings

Diesen Eindruck hatte Leonie allerdings nicht, als sie Deleen im Pfötchengarten ablieferte, obwohl sie frei hatte. Große flehende auf Leonie gerichtete Augen. *Wir sind doch so ein tolles Team.* Empörtes Himmelfahrtsnäschen. *Okay, dann suche ich mir eben einen neuen Menschen, einen, der sich wirklich um mich kümmert.* Schiefe Schnauze. *Wer hat dir deine Tränen getrocknet? Wääär?* Hecheln fast bis zum Umfallen. *Okay, dann werde ich eben ohnmächtig, und wenn jemand ohnmächtig ist, kann man ihn nicht einfach abschieben, gell, Leonie?*

Deleen zog alle Register, über die ein Hund verfügte, doch Leonie blieb unbeeindruckt. »Hör auf zu hecheln, Dilli, sonst schick ich dich zum Tierarzt.«

Bist du grausam! Verdient hast du mich nicht, hast duuu nicht! Den Schwanz hinter sich herschleifend, trottete Deleen davon, erreichte die ersten spielenden Hunde, prompt richtete sich der Schwanz wieder auf, und Deleen tollte übermütig durch den Schnee. Leonie war vergessen. So schnell ging das. Einen Augenblick lang schaute Leonie Deleen und ihren Freunden beim Spielen zu, wie sie sich jagten, wälzten, scherzten, versuchten, das Ohr des anderen zu erwischen, sich gegenseitig Balli oder Stöckchen zu klauen. Leonie erinnerte sich, wie Deleen auf einem Spaziergang ihr Stöckchen stolz vor sich her getragen hatte und damit einen neu erworbenen Hundefreund Charly fast verrückt machte, der ihr das Stöckchen unbedingt abluchsen wollte. Aber nicht mit Deleen! Eine ganze Stunde lang verteidigte sie ihren Stock, bis ein großer Hund auf sie zusprang, sie vor Schreck das Stöckchen fallen ließ, Charly sich, von einem Ohr zum anderen grinsend, das Stöckchen schnappte und Dilli ziemlich doof dreinschaute.

Lebensfreude pur. Sie sprang auf Leonie über, lud sie auf mit Energie, und dann war sie bereit, das zu tun, womit sie in diesem Jahr noch nicht gerechnet hatte. Sie wollte Weihnachtsgeschenke besorgen und nicht nur für Deleen. Ihre Eltern sollten etwas bekommen und auch Anton Leitner und seine Rosi.

Der Weihnachtsmarkt für Hobbykünstler lag in einer Seitengasse. Leonie liebte diesen Markt, so idyllisch in einer Nebenstraße versteckt, mit seinen leise im Wind schwingenden Lichtgirlanden, die erst gegen 16 Uhr eingeschaltet wurden, wenn die Dämmerung einsetzte. An den Ständen, die sich unter den Arkaden alter Bürgerhäuser fast zärtlich aneinanderschmiegten, ging es lebhaft zu. Wie jedes Jahr. Es duftete nach heißen Maroni, Mandeln, Glühwein, Kerzen aus Bienenwachs und all den anderen Wohlgerüchen der Weihnachtszeit.

Zwei Frauen froren unter einem mit unzähligen kleinen Lichtern geschmückten Baum. Aber noch leuchtete der Baum nicht, den Plakaten zum Trotz, mit denen die beiden Frauen gegen die Lichtverschmutzung in den Städten und auf dem Land protestierten und damit gegen die dunkle Seite des Lichts, das, künstlich erzeugt, nicht nur Sterne, sondern auch kosmische Gasnebel und die Milchstraße überdeckte. Gleichzeitig warben sie für einen Sternenpark in der Rhön. Für die natürliche Nacht zum Schutz für Mensch und Tier.

Leonie war durchaus auf ihrer Seite. Auch sie verabscheute Neonleuchtreklamen und verstand nicht, weshalb Hotels unbedingt angestrahlt werden mussten oder irgendwelche Kirchen, wobei die Scheinwerfer oft so ausgerichtet waren, dass sie den Himmel erhellten, nicht das Gebäude.

Zur Adventszeit jedoch gehörte das Licht ebenso wie der Glühwein zum Glühweinstand, das Jesuskind zur Weihnachtskrippe, der Organist zur Christmette. Stopp! Hör sofort auf, an *ihn* zu denken. So an ihn zu denken. Konzentrier dich auf die Stände mit ihrem köstlich duftenden selbstgebackenen Weihnachtsgebäck, mit ihren Holzfiguren, von eigener Hand geschnitzt, selbstgemachten Puppen, Rentieren, Weihnachtswichteln, Marmelade, Senf aus eigener Produktion, mit all ihren Strickwaren, dem Selbstgenähten, Gehäkelten, Bestickten und Getöpferten. Weihnachtliche Wunderwarenwelt.

Leonie tauchte ein, ließ sich Zeit, schlenderte die Stände entlang, lauschte dem Kinderchor, der Weihnachtslieder vortrug, dachte an Daniel, das Stotterkind, das keinen einzigen Ton traf und dennoch davon träumte, in einem Chor zu singen. Vielleicht konnte sie Sebastian fragen ... Stopp!

Zufälle sind unvorhergesehene Ereignisse, die einen Sinn haben. Das stammte nicht von ihr, sondern von einem alten griechischen Philosophen. Fynn hatte ihn oft zitiert. Nur welchen Sinn sollte es haben, dass sie Sebastian ständig über den Weg lief, wie auch jetzt? Keinen! Sie wollte schon unauffällig kehrtmachen, da hielt seine Stimme sie auf.

»So ein Zufall!«

Zufall! Ja, ja!

»Wieso sind Sie das letzte Mal so schnell weggerannt? Habe ich so schlecht Orgel gespielt?«

Du hast wunderbar gespielt, Blödmann.

»Und dann sind Sie auch noch ausgerutscht. Hoffentlich haben Sie sich nicht allzu sehr wehgetan.«

O nein! Auch das hatte er gesehen. Natürlich. Wie peinlich!

»Was halten Sie von einem Glas Glühwein?«

»Sie und ich?«

»Wir können ihn natürlich auch getrennt trinken!«

Er musste sie für ganz schön bescheuert halten, Besitzerin eines hypochondrischen Hundes, die Münzen in Pappbecher mit heißem Kaffee warf, ihn mit dem

Pfarrer verwechselte, auf dem Hintern die Kirchentreppe hinunterholperte und jetzt mit ihm einen Glühwein trinken wollte, allerdings an Glühweinständen, die möglichst weit voneinander entfernt lagen.

Stopp! Sie wollte überhaupt keinen Glühwein mit ihm trinken. Sie wollte Geschenke kaufen. »Ich suche ein Geschenk für meine Mutter.«

»Also kein Glühwein?«

»Ich brauche einen klaren Kopf.«

»Ich hatte eigentlich nicht an Komatrinken gedacht.« Er lächelte.

O wenn sie doch nur verschwinden könnte, ins ewige, natürliche Licht wohlgemerkt, nicht in das Licht, das Sterne, Gasnebel und Milchstraße verdeckte. Oder vielleicht konnte auch er verschwinden auf Nimmerwiedersehen?

Er verschwand nicht.

Er klebte an ihr, wie Deleen, wenn sie Wiener Würstchen in der Tasche hatte. Offenbar hatte er ebenfalls die Absicht, ein Weihnachtsgeschenk für ihre Mutter zu finden. »Wie wäre es mit einer Tischdecke oder einem Kerzenleuchter? Schauen Sie mal die Karaffe, ist die nicht hübsch … meine Mutter sammelt übrigens Karaffen.«

»Meine sammelt Porzellan.« Leonie konnte nicht anders. Sie fauchte ihn an, wollte, dass er wegging, wollte sich nicht daran gewöhnen, dass er an ihrer Seite war.

Doch Sebastian blieb. Zog sie weiter, bis zu einem Stand mit Porzellan. »Wie wär's mit einem Harlekin oder einer Colombina, Brighella, Pantalone, dem Dottore …?«

»Die Figuren aus der Commedia dell'Arte hat sie schon alle.«

»Und wie wär's damit?«

Ohne Sebastian hätte Leonie sie vermutlich übersehen. So versteckt war sie hinter all den Vasen, Krügen, Tellern, Tieren und Figürchen, unter denen sich der Tisch fast bog.

»O mein Gott! Haben Sie eine Ahnung, wie lange ich schon nach ihr suche?«

»Nein! Sollte ich?«

Sie ignorierte ihn, war zu hingerissen, dass er sie tatsächlich in den Händen hielt, die Lebensblume, die sich ihre Mutter wünschte, seit sie die Blume in einem Buch über Porzellan entdeckt hatte.

»Die Ornamente sind den Originalen aus dem alten Orient nachempfunden.« Die Porzellanverkäuferin nahm Sebastian die Blume wieder aus der Hand. »Sie stehen für Wohlstand, Wachstum und …« Sie lächelte Leonie und Sebastian an. »… für Sinnlichkeit.«

»Packen Sie die Blume ein«, bat Leonie die Verkäuferin, damit Sebastian ja nicht auf die Idee kam, dass ihr Herz wie verrückt klopfen könnte, oder er sah, wie weich ihre Knie auf einmal waren.

»Sie ist ein Unikat und unverkäuflich!«

»Unverkäuflich?« Das hatte Leonie nicht erwartet.

»Sie ist mein Talisman. Sie soll für meinen Wohlstand sorgen.«

»Wissen Sie was, das tue ich jetzt.« Hatte Leonie sich etwas in den Kopf gesetzt, gab sie nicht so schnell auf. Sie blätterte zwei Hundert-Euro-Scheine auf den Tisch. Sebastian beobachtete das Ganze amüsiert.

»Tut mir leid.« Die Verkäuferin schüttelte den Kopf.

Leonie legte noch einmal hundert Euro drauf. Kopfschütteln. Leonie erhöhte noch einmal um fünfzig Euro. Kopfschütteln. Dann eben noch einmal zwanzig Euro. Hatte Leonie ein erneutes Kopfschütteln erwartet, so wurde sie ein zweites Mal von der Porzellanfrau überrascht. Sie nahm das Geld, wickelte die Lebensblume in Zeitungspapier, überreichte sie Leonie. »Auch wenn es mir das Herz bricht.«

Leonie verstaute sie rasch in ihrer Tasche, ehe es sich die Porzellanfrau noch anders überlegen konnte, verabschiedete sich und ging. Sebastian folgte ihr, und Leonie sah ihn triumphierend an. »War ich nicht gut? Auch wenn es total überteuert ist.«

Sebastian antwortete nicht, nahm Leonie ganz leicht an den Schultern, drehte sie behutsam in Richtung Porzellanstand. Dort versteckte die Porzellanfrau gerade eine neue Lebensblume hinter Vasen, Tellern, Figuren und all dem anderen Porzellan.

Leonies Blick wurde fassungslos, Sebastian aber schmunzelte: »Die Lebensblume sorgt für Wohlstand.«

»Na dann«, Leonie schmunzelte ebenfalls, »wird meine Mutter nie wieder Sorgen haben.«

Für ihren Vater fand Leonie ein Jagdmesser. Für Rosi würde es ein hübsches Kleid im Stil der Zwanzigerjahre mit vielen Pailletten geben, und für Anton Leitner stellten sie und Sebastian einen Korb mit kulinarischen Köstlichkeiten zusammen: Honig aus dem Bayerischen Wald, selbstgebrannter Schnaps vom Tegernsee, Speck und Schüttelbrot aus Südtirol, italienische Salami, Käse von der Alm, eine Flasche erstklassiger Rotwein, Kaffee aus einer hauseigenen Rösterei ganz in der Nähe und Schokolade.

Auch für Deleen wählten sie gemeinsam aus. Allerdings nicht auf dem Weihnachtsmarkt, sondern im Hundeladen. Zwei Stofftiere, einen Fuchs und ein Krokodil. Noch ein Hasi sollte nicht Opfer von Deleens Mordgelüsten werden. Denn Dilli rang grundsätzlich mit jedem Stofftier wie David gegen Goliath, höhlte die Geschundenen und Geschüttelten aus, bis nur noch die leere Hülle übrig war. Die leere Hülle allerdings hegte, pflegte und schleppte sie ständig mit sich herum, wie die Eisbärin ihre Jungen Nela und Nobby im Münchner Tierpark Hellabrunn. Dazu einen Ochsenziemer, Deleens Lieblingsleckerli, und ein Leuchthalsband in Himmelblau, mit dem Deleen endlich dem Verein der Neonlicht-Aliens beitreten konnte. Dieses Leuchten und Blinken in allen Farben: Rosa, Gelb, Signalrot, tiefem Blau oder Grasgrün. Sie blitzten um die Ecken, tanzten durch die Dunkelheit, geheimnisvolle Wanderer auf vier Pfoten durch die Nacht.

Leonie und Sebastian packten die Geschenke in den Kofferraum von Leonies Wagen. Leonie und Sebastian verluden Weihnachtsgeschenke. Leonie und Sebastian … O mein Gott, das hatten doch Fynn und sie immer getan. Fynn! *Tu mir weh! Wenn es nicht mehr wehtut, vergesse ich dich!*

»Ich muss zum Friedhof!« Die Worte kamen fast panisch aus ihrem Mund.

Sebastian sah sie an und wusste sofort, dass es sich nicht um einen normalen Friedhofsbesuch handelte.

Das war er auch nicht. Seit der Beerdigung war sie nicht mehr dort gewesen. Fynns Familie kümmerte sich um das Grab. Allein seinen Namen, eingemeißelt in Stein – sie hätte ihn so nicht ertragen. Jetzt aber wollte sie den Schmerz. Wollte Fynn fühlen, ihn nicht verlieren, sie wollte nicht glücklich sein, nicht ohne ihn.

Sebastian berührte sie sanft. »Wer ist es?« Er wirkte besorgt.

Sie zitterte. »Fynn, mein Mann.«

»Ich lasse Sie nicht allein. Und … ich fahre!«

Sie machte einen Schritt und fror fest. Befreite sich wieder aus dem Eis, nächster Schritt, und wieder kam sie nicht weiter. Sebastian hielt sie, führte sie, ließ ihr Zeit. Ließ ihr die Zeit, ihren Weg zu Fynns Grab zu finden. In dem Tempo, das sie dafür brauchte.

»Wovor haben Sie Angst?« Seine Stimme klang sanft. »Dass es dann wirklich wahr ist?«

Sie nickte.

»Mein Bruder ist in den Bergen abgestürzt.« Diesmal war er es, der stehen blieb. »Sie haben ihn nie gefunden. Und es gibt keinen Tag, an dem ich nicht darum bitte, bete, Gott – oder wer auch immer dafür zuständig ist – anflehe, mir einen Beweis zu schicken. Irgendetwas, damit ich begreifen kann, dass er wirklich tot ist, nicht mehr zurückkommt. Ich will abschließen können.«

»Abschließen.« Sie sah ihn an. »Merken Sie nicht, wie furchtbar das klingt? Alle sagen zu mir, du musst abschließen, Leonie. Abschließen, alles hineinstopfen wie in eine Schublade, die Gefühle, die Erinnerungen abschließen, alles, was mein Leben in den letzten Jahren war, abschließen, zuschließen, wegsperren, und dann?« Ihr Blick wurde ratlos.

»Weiterleben?«

»Ohne meinen Mann?«

Andere Friedhofsbesucher. Um sie herum flackerten Grablichter auf. »Ich kann, ich will nicht weiterleben ohne ihn.«

Diese eigenartige Stille. Die Schneeflocken lautlos, der Wind eiskalt, der Atem wie Nebelschwaden.

All das nahm Leonie in diesem Augenblick wahr, in dem Sebastian kein Wort verlor, sich stattdessen zu sammeln schien oder einfach nur nachdachte. »Ich möchte, dass Sie mir etwas schenken«, sagte er schließlich.

»Sie wollen ein Weihnachtsgeschenk von mir?«

Da war es wieder, sein Lächeln. »Es kostet nicht viel. Nur etwas Zeit. Schenken Sie mir ein wenig von Ihrer Zeit.«

Leonie antwortete nicht.

Sie zündete nun ebenfalls das Grablicht an, das sie mitgebracht hatte. Schüttelte den Schnee von den Ästen des geschmückten Weihnachtsbaums. Rückte den Engel aus Stein gerade. Dann nahm sie – ganz behutsam, als wolle sie verhindern, dass er sofort schmolz – etwas Schnee von Fynns Grab. Formte eine Schneekugel, legte sie nach dem Friedhofsbesuch in eine Kühltasche aus dem Supermarkt, die sie immer im Auto hatte, und hoffte, dass von der Schneekugel noch etwas übrig sein würde, wenn sie nach Hause kam.

Nur eine Flocke. Sie würde sie hinter das Türchen des 21. Tages im Advent legen und sich vorstellen, wie sie langsam schmolz, ihr Wasser versickern ließ in dem von Fynn gebastelten Adventskalender. Auch wenn alles schon längst wieder trocken war – sie würde wissen, was sich hinter dem 21. Türchen verbarg: eine Schneeflocke von Fynns Grab.

»Sind Schneeflocken alle gleich?« Sie war zwölf Jahre alt gewesen und hatte sich die Nase an der Fensterscheibe platt gedrückt.

»Das sind sie nicht«, hatte ihr Vater geantwortet. »Weil jede Flocke aus unterschiedlich vielen Ästen besteht, und die wiederum verzweigen sich bei jeder Schneeflocke anders.«

»Aber dann gibt es Millionen und Millionen unterschiedlicher Schneeflocken?«

»Im ganzen Weltall gibt es keine zwei Schneeflocken, die identisch sind. Wie der Mensch ist jede von ihnen einzigartig.«

Es war kurz vor Mitternacht. Dilli lag zusammengeringelt am Fußende des Bettes. Leonie nahm ihr Smartphone und schickte Sebastian eine SMS mit nur einem Wort: »Okay.«

22. TAG IM ADVENT

Es geht nicht darum, welche Last man trägt,
es geht darum, wie man sie trägt: stolz und aufrecht.
Und dies gilt nicht nur für Hunde.

Leonie wachte schon mit Herzklopfen und wie immer mit Deleen im Arm auf. Im ersten Moment fragte sie sich weshalb, dann fiel es ihr wieder ein. Sie hatte eine Verabredung – mit Sebastian. Was hatte er vor? Nicht nur ihr Herz trommelte, ihr ganzer Körper war zum Schlagzeugsolo geworden. Was sollte sie anziehen? Da war ein Pickel ausgerechnet auf der Stirn, und ihr festes dunkles Haar ließ sich wieder einmal nicht bändigen.

Leonie stand vor dem Spiegel mit großen Augen wie Deleen, wenn sie eine tote Maus entdeckt, sich darin so lange ausgiebig gewälzt hatte, bis sie ihrer Meinung nach köstlich nach Aas duftete, Leonie sie kurzerhand in die Badewanne steckte und wie immer mit dem nach Rosen riechenden Hundeshampoo bearbeitet hatte.

Leonie warf einen unglücklichen Blick in den Spiegel.

Der Spiegel warf seinen unglücklichen Blick zurück.

Es läutete. Sebastian. Und sie noch im Morgenmantel. Sie hatte nicht einmal geahnt, wie schnell sie in Jeans, Pullover und Stiefel schlüpfen, sich Nase und Stirn pudern, die Haare kämmen und zur Tür hasten konnte, vor der Deleen schon schwanzwedelnd und mit vorwurfsvollem Blick stand. *Hey, geht's nicht schneller, Leonie, lahme Ente?*

Leonie riss die Tür auf. Da stand er und sah soooo gut aus!

»Hallo!« Sein Lächeln.

Kleine Trommel, große Trommel, Tomtom, Becken und der ganze Rest des Schlagzeugs in ihr verstummten. Leonie stand einfach nur da. Deleen allein war es, die Sebastian freundlich mit einem Schwanzwedeln begrüßte. Leonie nahm sich zusammen: »Komm rein ... ich meine, kommen Sie bitte rein ...«

»Du ist schon okay!«

»Natürlich klar, ist einfacher. Leonie.« Sie reichte ihm die Hand.

»Ich weiß ... Sebastian!« Er übersah die Hand und gab ihr links und rechts einen Kuss auf die Wange. »Das Bruderschaftstrinken holen wir später nach.«

Na, das kann ja heiter werden!

»Dilli, Frau Konrad passt heute auf dich auf.«

Die Nachbarin! Spinnst du! Wenn draußen die Post abgeht?

»Wir können dich leider nicht mitnehmen, ein anderes Mal.«

Leonie wusste, wie langsam sich Deleens Schwanz nach unten senken konnte, doch diesmal übertraf sie alles. Zeitlupe wäre das falsche Wort gewesen. Es war kurz vor – dem Herzstillstand.

Leonie blieb hart, übergab Deleen an Elisabeth Konrad.

Elisabeth Konrad legte Deleen verbal die Welt zu Füßen. Deleen blieb unbeeindruckt. Doch kaum drehten Leonie und Sebastian ihr den Rücken zu, sprang sie Elisabeth an: *Also dann! Auf geht's!*

Leonie lächelte. Was Deleen nicht wusste, Hundebesitzer haben grundsätzlich auch hinten Augen.

Es wurde ... Leonie wusste nicht, wie sie es anders hätte ausdrücken können. Es war ein Tag wie das allererste Mal. Das allererste Mal, wenn man das Meer sieht. Das erste Wort, der erste Schritt, der erste Kuss, der erste Sex.

Sie hatte schon oft auf einem Berggipfel gestanden. Mit ihren Eltern, später mit Freunden und schließlich mit Fynn. Und jedes Mal wieder war sie beeindruckt gewesen von dieser Weite, dem Himmelblau, der Gipfellandschaft, so überwältigend. Es war, als halte man die Hand auf, und das ganze Universum kuschelte sich für einen Moment hinein. Diesmal aber, als sie neben Sebastian mit einem Schlitten auf dem Gipfel des Wallbergs stand, war es anders gewesen.

Es war von einer Art vollkommen, wie sie es noch nie erlebt hatte. Sie fühlte wieder. Fühlte, dass immer noch alles möglich war. Diese Energie, diese Kraft.

»Ich bin schon ewig nicht mehr gerodelt.«

»Dann wird's Zeit!«

»Ich hab ein bisschen Angst!«

»Ich bin der weltbeste Rodler. Halt dich einfach an mir fest.«

Seit Fynn hatte Leonie keinen Mann mehr umarmt. Jetzt klammerte sie sich an Sebastian. Diese Geschwindigkeit, diese scharfen Kurven, und rechts fiel ein bewaldeter Hang ziemlich steil ab.

»Beine hoch! Nicht bremsen!«

»Der Schlitten trägt uns aus der Kurve!«

»Beine hoch!«

Sie flogen förmlich über die Rodelbahn, an anderen Schlitten vorbei, Wind und Sonne im Gesicht, und dieses Gefühl von Lebendigsein, als würde Leonie gerade neu geboren. Sie schrie nicht mehr, sie lachte. »Schneller, Sebastian, schneller!«

Doch Sebastian bremste ab. Sie waren unten angekommen.

»Noch einmal?«

»Noch hundert Mal!«

Deleen war bei Elisabeth Konrad gut aufgehoben. Sie hatten also Zeit.

Und tatsächlich schwebten sie noch gefühlte hundert Mal mit der Wallbergbahn bis zum Gipfel. Flogen über die Rodelbahn ins Tal, bis die Schatten lang wurden und die Piste eisig. Erst dann gaben sie auf, betraten die gemütlich bayerische Gaststube des skihüttenähnlichen Restaurants gleich bei der Bergstation, bestellten Leberknödelsuppe, Schweinsbraten und ein kühles Bier und – redeten.

Vor allem Leonie redete, wie sie schon lange nicht mehr geredet hatte. Sie erzählte von sich und Fynn, von seinem plötzlichen Tod und seiner Vorahnung.

»Auch wenn viele in Fynns Familie Probleme mit dem Herzen haben, ich verstehe es trotzdem nicht, warum er … Und weshalb hat er nicht mit mir darüber gesprochen, ich meine, er muss seinen Tod vorausgeahnt haben?«

»Vielleicht hat er etwas gespürt, aber nicht gewusst, wie er es einordnen soll.«

»Und nur, weil er etwas spürt, sucht er Deleen für mich aus, bastelt einen Adventskalender und schreibt mir so einen Brief?«

»Wäre es nicht eingetreten, was wäre passiert? Ihr hättet den Hund gehabt, den ihr schon immer wolltet, und ihr hättet den Adventskalender schon im letzten Jahr gemeinsam gefüllt.«

»Du meinst, er wollte einfach nur sichergehen?«

»Er wollte dich nicht allein lassen. Er wollte auch *danach* für dich da sein.«

Einen Augenblick lang war es still zwischen ihnen. Sehr still zwischen ihnen.

»Mein Bruder hat mich vom Berg aus angerufen und nur eins zu mir gesagt: ›Irgendwie ist heute ein seltsamer Tag.‹ Sekunden später ist er abgestürzt.«

Sie sprachen nicht nur über den Tod, sie sprachen über Gott, sie sprachen über die Welt, und irgendwann sagte Sebastian den Satz, von dem Leonie sofort wusste, dass er der einzige und der richtige Satz war für diesen 22. Tag im Advent. »Den Tod, Leonie, den müssen wir nicht fürchten – das Einzige, wovor wir

Angst haben müssen, ist, dass wir aufhören zu leben oder nie damit anfangen.«

Sie schrieb den Satz auf und steckte ihn hinter das Türchen des 22. Tages im Advent.

23. TAG IM ADVENT

Die Hunde haben mehr Spaß an den Menschen als diese an den Hunden, weil der Mensch offenkundig der Komischere der beiden Kreaturen ist.

James Thurber

Glücksgefühl. Damit wachte Leonie am nächsten Morgen auf, und zum ersten Mal war ihr erster Gedanke nicht mehr Fynn, sondern Sebastian. Sie packte Deleen ins Auto und dachte: Sebastian. Sie holte Anton Leitner aus dem Pflegeheim ab, seine Zahnprothesen waren gerade noch rechtzeitig vor Weihnachten fertig geworden, und dachte: Sebastian. Wie schon das letzte Mal genoss Anton Leitner den Ausflug, und Leonie, so leicht, so fröhlich, so unbeschwert, war nahe dran, ihm anzubieten, sie werde sich um ihn kümmern, falls er in sein Haus zurückkehren wolle.

Aber nur fast!

Einen Wunsch aber konnte sie ihm erfüllen.

»Könnten wir zu St. Hedwig fahren? Ich möchte die Weihnachtskrippe sehen.«

Und Leonie wollte Sebastian sehen. »Natürlich können wir das, Anton. Sehr gern sogar.« Sebastian hatte gesagt, dass er und der Kirchenchor fast den ganzen Tag für den Weihnachtsgottesdienst und die Christmette proben würden!

Er hatte sie um kein Wiedersehen gebeten, als er sie am vergangenen Abend, nein, nicht am Abend … er hatte sie kurz vor Mitternacht nach Hause gebracht. Elisabeth Konrad war nun doch über die späte Stunde, in der Leonie Deleen abholte, etwas verärgert gewesen, deshalb hatten sich Leonie und Sebastian schnell, viel zu schnell voneinander verabschiedet. Aber sie wusste ja, wo sie ihn finden konnte.

Gott schlürft die Katastrophen wie Cocktails und richtet den Menschen vergnügt auf seinen Untergang ein. Das Zitat stammte von ihrem Großvater, einem überzeugten Atheisten mit einem manchmal seltsamen Humor. Doch kaum hatte Leonie Anton Leitner mit seinen Krücken irgendwie über die verschneiten Stufen hinauf zu St. Hedwig transportiert – Deleen war mit Rosi im Wagen geblieben – und hatte das schwere Kirchenportal aufgestemmt, ahnte sie die Katastrophe, ehe sie noch eingetreten war.

Möglicherweise lag es daran, dass Deleen und Rosi gemeinsam auf dem Rücksitz nicht besonders gut miteinander klarkamen. Vielleicht war es auch die Sehnsucht nach Sebastian, die Deleen ebenso in die Kirche trieb wie ihr Frauchen. Eins war jedenfalls sicher. In ihrer Fürsorge um Anton Leitner hatte Leonie vergessen, die Wagentür zu schließen.

Dilli stürmte jedenfalls, während Leonie Anton Leitner noch durch das Kirchenportal hievte, in die Kirche, ungeachtet dessen, dass Mensch und Tier vor Gott nicht gleich waren und Tiere in einer Kirche absolut nichts zu suchen hatten. Nur, was kümmerte Deleen, was irgendwelche Menschen behaupteten, solange es Gott höchstselbst nicht in ihr Ohr flüsterte? Deleen stürmte also hinein, geradewegs auf die Weihnachtskrippe zu, vor der Sebastian stand, den Arm um die Schultern einer jungen Frau gelegt.

Später hätte Leonie nicht zu sagen gewusst, was sie zuerst wahrnahm: dass sie Anton Leitner zum Glück noch immer stützte oder dass Deleen an Sebastian hochsprang und mit ihrem Schwanz ausgerechnet die Heilige Familie erwischte, die wie in Zeitlupe ganz langsam auf den Boden fiel und in tausend Scherben zersprang. Den bestürzten Ausdruck im Gesicht von Anton Leitner oder Sebastian, der den Arm von den Schultern der jungen Frau nahm.

Die Heilige Familie lag zerbrochen auf dem Boden. »Glas ist wunderschön«, hatte Anton einmal zu ihr gesagt. »Und jedes Stück ist unersetzlich.«

Leonie schrie Deleen an: »Bist du total übergeschnappt! Ich will dich nicht mehr sehen! Hau ab!«

Keine Zeitlupe mehr. Die Zeit stand nun ganz still, und irgendwie wunderte sich Leonie, dass dennoch die Kirchenuhr schlug. Und ebenso verwundert stellte sie fest, wie entsetzt Deleen sie ansah, losspurtete, auf das Kirchenportal zu, das ausgerechnet in diesem Moment von einer Frau geöffnet wurde, die mit einem Jungen hereinkam. Daniel. Offenbar war Sebastian ihrem Wunsch nachgekommen, dass Daniel einmal bei der Kindermesse im Chor mitsingen oder zumindest die Lippen bewegen durfte. Seltsam, welche Gedanken man hatte, während das geliebte Hündchen durch das Kirchenportal entwischte!

Bremsen quietschten.

Leonie ließ Anton Leitner abrupt los, er geriet ins Wanken, hielt sich gerade noch rechtzeitig an einer Kirchenbank fest, und dann rannte Leonie schon aus der Kirche hinaus. Sebastian dicht hinter ihr her.

Leonie wusste nicht mehr, was sie dachte, fühlte. Nur dieser eine Gedanke, immer schneller drehte er sich in ihrem Kopf. Es durfte nicht sein. Nicht schon wieder. Und diesmal war sie schuld ... schuld ...

Sie schluchzte auf.

Jemand packte sie, hinderte sie gerade noch rechtzeitig, ehe sie erneut die Stufen hinunterrutschte. Sebastian. So sicher an seiner Seite. Er hatte den Arm um eine andere Frau gelegt. »Du bist schuld!«, fuhr sie ihn an.

Er antwortete nicht, brachte sie nur sanft dazu, die Stufen langsamer hinunterzugehen.

Dann nahm Leonie wieder alles nur in Zeitlupe wahr. Deleen, die schlaff und bewegungslos vor einem Wagen lag. Die junge Fahrerin, nicht älter als vielleicht zwanzig, noch unter Schock.

»Er war plötzlich da! Der kleine Hund. Ich wollte das nicht!«

Wie gewonnen, so zerronnen. Wie arbeitete das Gehirn? Wieso fielen einem in den schlimmsten Situationen die blödesten Sprüche ein? Leonie fiel neben

Deleen auf die Knie, streichelte sie, versuchte sie irgendwie in ihren Schoß zu betten.

»Vorsicht«, mahnte Sebastian. »Nicht, dass wir etwas falsch machen.« Sie war dankbar für das »wir«. »Ich verständige die Tierrettung.«

Sie ist tot. Wozu? Sie ist tot.

Tränen liefen Leonie übers Gesicht.

Tropften auf Dillis Kopf, ihre geschlossenen Augen, die freche Schnauze, das geliebte Himmelfahrtsnäschen.

Hatschi! Das Himmelfahrtsnäschen wackelte irritiert.

»Dilli?«

Haaaaatschi! Nun blinzelten auch die Augen, wenn auch nur leicht.

»Sie lebt!« Glück ... Wie würde sie jemals beschreiben können, was sie in diesem Moment empfand. Und auch Sebastian hatte Tränen in den Augen.

Natürlich leb ich. Was denkst du denn? Nur der Hintern. Aua ... der tut verdammt weh ... und die rechte Pfote ... Auaaaaa ... Was ist, wollt ihr mich einfach so liegen lassen? Auaaaaaaaaaa!

»Sie hat Schmerzen.« Leonie wurde wieder panisch.

»Die Tierrettung ist bestimmt gleich da.« Die Frau stand wieder ganz dicht neben Sebastian.

»Wer sind Sie denn?« Leonie fauchte. Verdammt, ihr Hündchen war schwer verletzt, und sie benahm sich total idiotisch. »Tut mir leid.«

»Susanne, meine Schwägerin«, antwortete Sebastian. »Die Frau meines verunglückten Bruders.«

»Oh!« Wie peinlich!

Ja, ja, zuerst mich aus Eifersucht in die Flucht schlagen, und dann ist mein Fell wieder gut genug, um deine rote Nase und deine roten Wangen vor ihm zu verstecken. Hilfe! Was macht ihr da? Hilfe? Hiiiiilfe! Wohin verschleppt ihr mich? Ich will raus!

Deleen lag unter dem Röntgengerät. Die Tierrettung hatte sie in die Tierklinik gebracht, dort sollten innere Verletzungen ausgeschlossen werden.

Dieser Augenblick, in dem Leonie Deleen allein lassen, sie fremden Händen übergeben musste, dieser flehende Blick – warum lässt du mich in dieser schweren Stunde allein? Sich zu den anderen Hundebesitzern im Warteraum setzen zu müssen, mit ihnen zu bangen, zu hoffen oder sich zu freuen, wenn ein Hündchen gerade noch rechtzeitig vor Weihnachten wieder nach Hause geholt werden durfte.

Zum Glück war Sebastian bei ihr.

Hielt ihre Hand.

Und dann endlich die frohe Botschaft von der jungen Tierärztin, die aussah, als habe sie gerade erst das Abitur gemacht. Leichtes Misstrauen vorprogrammiert.

»Deleen hatte großes Glück. Außer einer verstauchten Pfote ist ihr nichts passiert.«

Und prompt trabte Deleen auch schon mit hocherhobenem Kopf an Leonie vorbei.

Ich bin ja auch der Glückshund des Dalai Lama. Mir geschieht nichts. Ich bin unsterblich. Und die verstauchte Pfote ist nur ein Missverständnis mit dem Göttlichen, das stets über mir schwebt.

»Sie ist mein Glückshund.«

Sag ich doch!

Leonie strahlte. Am liebsten hätte sie die ganze Welt umarmt, da das jedoch ein fast aussichtloses Unterfangen gewesen wäre und sie durchaus bereit war, sich auch mit weniger als der ganzen Welt zufriedenzugeben, warf sie sich nun einfach …

Was soll das denn, ist Leonie jetzt total übergeschnappt?

Es war nicht Deleen, die Leonie vor Glückseligkeit fast zerquetschte. Es war Sebastian, in dessen Armen sie plötzlich lag. Und fast, ja, fast sah es so aus, als wollte Sebastian sie jetzt auch noch küssen, aber da hatten sie nicht die Rechnung mit etwas Feuchtem, Schwarzem gemacht.

Wenn hier jemand küsst, dann ich!

»Hör auf, Deleen! Ihhh! Nein, pfui!« Sich einer liebenden Hundeschnauze zu erwehren ist möglicherweise eine der größten Herausforderungen, die ein Hundebesitzer zu bewältigen hat. Leonie tat ihr Bestes, war irgendwann damit auch durchaus erfolgreich, doch der Augenblick, der sie und Sebastian auf diese eine so besondere Art und Weise einander näher gebracht hätte – der war vorbei.

Wenig später – Deleen schlief zufrieden vor sich hin schnarchend in ihrem Körbchen – schrieb Leonie auf den Zettel des 23. Dezember: *Glück ist, wenn ein Hundeherz weiterschlägt.* Sie faltete ihn sorgfältig zusammen und steckte ihn hinter das für ihn bestimmte Türchen.

WEIHNACHTSFEIERTAG

Herrchen unser,
gesegnet seien die Geschenke, die im Kühlschrank schon auf mich warten, der Stoffesel und das Krokodil, ich bin zum Kampf bereit, geheiligt sei das Toben durch den Schnee, dein Ruf komme, aber mein Wille geschehe, nicht nur am Weihnachtsmorgen, sondern immer. Und ewig.

Deleen ging es gut. Sie tobte durch den Schnee, so als sei nie etwas geschehen, als habe sie sich nie aus Verzweiflung über Leonies Wutausbruch vor ein Auto geworfen und das Pfötchen verstaucht. Und Leonie ließ sie toben, ließ zu, dass Deleen den Spazierweg wählte, der sie beide wie selbstverständlich zu Antons Glashütte führte.

An diesem Weihnachtsmorgen jedoch war etwas anders. Die Glashütte strahlte Wärme aus, stand da wie mit geöffneten Armen, als wolle sie all die Durchgefrorenen empfangen und all die Hundepfoten bei sich aufnehmen, an deren Fell mittlerweile unzählige

Schneeballen festgefroren waren. Es lag nicht an Leonies Phantasie, und es war auch keine Wunschvorstellung, dass dem Haus wieder Leben eingehaucht wurde. Sein Atem war schon da, rauchte aus dem Kamin wie weiße Wolken in den Himmel.

Leonie blieb abrupt stehen.

Deleen nicht. Sie hatte nicht nur einen Instinkt. Sie hatte ein Faible für offene Türen. Leonie blieb nichts anderes übrig, als ihr zu folgen, und wurde gleich darauf von Rosi empfangen, in ihrem Pailettenkleid aus den Zwanzigern gelassen an einem Stuhl lehnend.

Die Stimmen aber kamen aus der Glasbläserwerkstatt. Es waren männliche Stimmen. Leonie band Deleen neben Rosi an, womit keine der beiden wirklich einverstanden war. Rosi protestierte stumm, Deleen laut und mit aller Kraft.

Leonie ließ die beiden trotzdem allein.

Hitze schlug ihr entgegen, und ihr fiel ein, was Anton ihr erklärt hatte: »Glas schmilzt bei etwa zwölfhundert Grad Celsius, erst dann kann man es stauchen, ziehen und schließlich blasen.«

»Hallo, Leonie!« Die blau-violette Flamme zuckte kurz, als Anton die bleistiftdicke Glasstange weiter in den Glasofen hielt, der schon so lange nicht mehr erhitzt worden war.

»Hi, Leonie!« Sebastian assistierte ihm, als Anton den Stab langsam drehte, bis er von allen Seiten gelb leuchtete.

»Was macht ihr da?«, fragte Leonie, obwohl sie es schon längst verstanden hatte.

Anton lächelte. »Die Weihnachtskrippe braucht

doch ihre Heilige Familie. Zum Kindergottesdienst werden wir gerade noch rechtzeitig fertig sein.«

Es gibt Augenblicke, die das Gehirn für immer speichert, weil sie so kostbar, so einmalig sind. Es war so ein Augenblick, als sie und Sebastian der Weihnachtskrippe ihre Heilige Familie zurückgaben und sich ihre Hände erneut berührten.

Sebastian musste an die Orgel. Leonie setzte sich in eine Kirchenbank. Der Kinderchor sang fröhlich *Alle Jahre wieder kommt das Christuskind auf die Erde nieder, wo wir Menschen sind.* Daniel hatte zwar die Anweisung, nur die Lippen zu bewegen, doch plötzlich erhob sich seine Stimme, er traf alle falschen Töne, gab damit dem Weihnachtslied eine ganz eigene Note, aber wie hieß es so schön: Wer schon perfekt ist, aus dem kann nichts mehr werden.

»Was hältst du davon, wenn wir alle zusammen Weihnachten feiern?«, fragte Leonie ein wenig später.

»Was willst du kochen?«

»Ich kann nicht kochen.«

»Aber ich … dafür schlägst du den Baum.«

»Okay, ich hoffe, Dilli wird mir dabei helfen.«

Jedenfalls werde ich schon mal den richtigen Baum anpinkeln.

Der Weihnachtsabend wurde so, wie Leonie ihn sich nicht mehr erträumt hatte. Sebastian bereitete einen Karpfen zu, Leonie schälte die Kartoffeln, aus denen Anton Leitner nach dem Rezept seiner verstorbenen Frau einen Kartoffelsalat machen würde, mit Eiern,

Gurken und Schinken. Ein ganz eigenes Rezept. Gemeinsam schmückten sie den Weihnachtsbaum, mit dem Baumschmuck, den Anton allesamt selbst geblasen hatte. Sie aßen, tranken, schenkten einander nichts, außer ihrer Wärme und ihren Geschichten.

Anton Leitner erzählte von früher, und Leonie und Sebastian versprachen ihm, so schnell wie möglich einen guten Pflegedienst zu organisieren, sich auch weiterhin um ihn zu kümmern und ihn auf diese Weise aus dem Pflegeheim wieder zurück in seine Glashütte zu holen. Sie lachten, als Deleen ihre Geschenke auspackte und – wie erwartet – in Minutenschnelle zumindest schon einmal das Krokodil zerlegte.

Vielleicht war es das ganz eigene wundersame Licht flackernder Kerzen, das der Kirche seinen ganz besonderen Zauber verlieh und sich hundert- nein, tausendfach in der gläsernen Krippe widerspiegelte.

Alle waren zur Christmette gekommen. Anton, Leonie, Elisabeth Konrad, ja. sogar der kleine bissige Jantschmann, der ebenfalls im Haus wohnte, aber schon lange nicht mehr gegen die Decke geklopft hatte. Er war nicht allein. Er hatte eine Frau bei sich.

Der Klang nach der Stille.

Klang, Musik der Seele, Klang, der das Urvertrauen anspricht. Wie hell das Kerzenlicht plötzlich war! Es leuchtete bis hinauf zur Orgel, an der Sebastian saß und spielte. Leuchtete für alle, die einander liebten. Leonie sah Sebastian nicht, aber sie wusste, dass er da war, und fühlte, dass er bleiben würde, sie musste nur eins tun: es zulassen.

»Bleib bei mir dieses Weihnachten lang.« Fynn hatte sie angesehen.

»Viele Weihnachten lang?« In ihren Augen hatte es vergnügt aufgeblitzt.

»Alle Weihnachten lang.«

Die Stimme der Sopranistin setzte ein. *Stille Nacht, heilige Nacht*, und alle, die gekommen waren, um gemeinsam die Geburt des Christuskinds zu feiern, sangen mit.

Viele Stunden später lag Leonie noch immer mit offenen Augen im Bett. Der Weihnachtsabend, die wunderschöne Christmette – nie hätte sie gedacht, dass sie nach Fynns Tod noch einmal so in sich ruhen, so eins sein würde mit sich. Ihr Blick ging nach draußen, bis hinauf zu den Sternen, die aussahen, als seien sie nur für die Heilige Nacht hervorgeholt worden, um den Himmel zu schmücken, damit nicht nur die Weihnachtsbäume hinter den Fenstern funkelten und strahlten.

Sie wusste nicht, wann sie endlich die Augen schloss, sie fühlte nur auf einmal, dass jemand ganz dicht neben ihr war. Sie lächelte im Schlaf. Offenbar hatte sich Deleen wieder zu ihr ins Bett geschlichen. Sie tastete nach ihr, doch da war kein Fell, da war etwas anderes … so unglaublich vertraut. Sie öffnete die Augen wieder, unfähig zu glauben, was ihr Herz ihr schon zuflüsterte: *Er ist wieder da. Dein Fynn ist zurück*.

Und tatsächlich, da saß er. So wie er sie verlassen hatte. Dasselbe Hemd, dieselben Jeans, sogar der winzige Fleck an seinem Hemdkragen war noch da, den sie immer wieder versucht hatte herauszuwaschen. Und er lächelte sie an. »Du hast den letzten Spruch vergessen, Leonie. Er muss etwas ganz Besonderes sein.«

»Frohe Weihnachten?«

»Frohe Weihnachten ist völlig okay!«

1. WEIHNACHTSFEIERTAG

... denn das ist mein Reich und die Kraft und die Herrlichkeit in Ewigkeit ... wuff ...

Es war acht Uhr morgens. Der erste Weihnachtsfeiertag. Leonie hatte kaum geschlafen. Noch immer wusste sie nicht, ob Fynn ein wunderschöner Traum gewesen war oder ob es tatsächlich stimmte, dass der Tod nichts anderes war als das Hinübergehen in eine andere Dimension und dass er tatsächlich noch einmal zu ihr zurückgekommen war. Um sich zu verabschieden.

So wie sie es sich immer gewünscht hatte.

Ich werde immer bei dir sein.

»Aber wie, wenn ich dich nicht sehen, dich nicht berühren kann?«

Stell dir die Seele vor wie einen Raum. Kommst du zur Welt, ist er leer, aber mit den Jahren wird er sich füllen. Weil geliebte Menschen nun einmal gehen. Aber nicht weit weg, sie schlüpfen nur von der Welt draußen in dich hinein, setzen sich in deinen Raum an den von dir mit Liebe gedeckten Tisch.

»Fällt deshalb den Menschen im Alter das Gehen immer schwerer, weil immer mehr Freunde, Verwandte und andere Geliebte in ihnen drin sind?«

Ich sehe schon, du hast deinen Humor wieder.

Fynn, sein Lachen, das wie kein anderes auf dieser Welt war. »Ich werde dich jeden Tag, jede Stunde, jede Minute vermissen.«

Es wird leichter werden.

»Für dich auch?«

Er hatte geschwiegen. Lange geschwiegen. Dann hatte sie seinen Kuss gespürt wie einen Windhauch auf ihren Lippen.

»Bitte geh nicht, Fynn.«

Sie hatte ihn umarmen wollen, ihn festhalten, doch sie griff ins Leere.

Ich sehe dich. Seine letzten Worte. *Ich sehe dich immer.*

Sie tastete erneut nach ihm. Und spürte den Herzschlag. Wieder war er etwas schneller als ihr Herz.

Fynn war gegangen.

Es war Deleen, die neben ihr mit vollem *Wienerlebauch* vor sich hin schnarchte.

Traum oder Wirklichkeit.

Einbildung oder die Erfüllung des Versprechens, war der Adventskalender voll, würde sie von Fynn Abschied nehmen dürfen.

Noch war die Wallbergbahn nicht in Betrieb. Diese Stille. Die klare seidige Luft. Außer ihr war kein Mensch unterwegs. Sie schliefen noch in ihren Betten, dem ersten Weihnachtsmorgen entgegen. Auch in ihrem Wohnzimmer würde es nach frischen Tannennadeln duften, nach dem Baum, den sie und Sebastian im Wald geschlagen hatten, und nach den Kerzen aus Bienenwachs. Leonie mochte keine elektrischen Kerzen am Baum. Hatte sie noch nie gemocht.

Mit jedem Schritt näherte sie sich dem Gipfel. Deleen neben ihr, so wie sie immer neben ihr sein würde, bis auch sie sich eines Tages in diesem ganz besonderen Raum zu Fynn an den Tisch setzen würde. Bestimmt würde er sie vom Tisch füttern. In solchen Dingen war er nie sehr konsequent gewesen. Leonie lächelte. Sie übrigens auch nicht. Deleen tobte neben ihr durch den frisch gefallenen Schnee. Die Wolken über ihnen brachen endgültig auf, und die Sonne verteilte ihre Strahlen, so viel schöner, als es das künstliche Licht jemals tun könnte. Da hatten die Demonstrantinnen auf dem Weihnachtsmarkt schon recht.

Noch hatte sie Zeit. Ihre Eltern und die Freunde, die sie so lange vernachlässigt hatte, würden erst am Nachmittag zum Kaffee kommen.

Sebastian würde sie am Abend wiedersehen.

Sie war ganz oben auf dem Wallberg angekommen. Deleen tobte und wälzte sich weiter, doch Leonie ließ ihren Blick schweifen. Atemberaubend die Gipfellandschaft, der Tegernsee glitzernd im Sonnenlicht, der Himmel tiefblau.

Sie war Fynn so nah.

So nah, wie er es versprochen hatte.

»Danke, Fynn, für alles, was du für mich warst!«

Keine Ursache, Leonie. Er war wieder da und zwinkerte ihr vergnügt zu.

»Ich vergesse dich nicht, auch wenn es nicht mehr ganz so weh tut.«

Ich dich auch nicht. Und auch ich fühle den Schmerz nicht mehr ganz so stark, weil du in guten Händen bist.

»Tu ich das Richtige, Fynn?«

Egal, was du tust, Leonie, es wird nie falsch sein. Es ist dein Leben!

Mein Leben! Sie formte einen Schneeball, warf ihn Deleen zu. Deleen stob hinter ihm her, blieb verwundert stehen. Wo war das Balli? Wieder ein Schneeball. Wieder verschwunden. Sie wurde ärgerlich, bellte, warf sich in den Schnee, wälzte sich. Leonie warf sich neben sie, formte den Weihnachtsengel. Deleen sprang auf sie drauf, Leonie packte sie, und sie kugelten weiter, lachend, bellend, einer Zukunft entgegen, die schön zu werden versprach.

Glückshunde werden hundert Jahre alt.

Um Gottes willen!

Tja, so schnell wirst du mich nicht mehr los.

In Zukunft werde ich jedenfalls die Annahme aller Pakete vom DHL-Dienst verweigern.

Dein Problem. Nicht meins!

»Dilli, hör auf, mir das Gesicht abzuschlecken, Deleeeeeen!«

PETRA SCHIER
Vier Pfoten
und das
Weihnachtsglück